Das Herz eines Löwen

Printed in Austria by Welsermühl, Wels
ISBN 3-70170409-0

JUTTA SCHUTTING

Das Herz eines Löwen

BETRACHTUNGEN

Residenz Verlag

Die Mediceische Venus

Im Josephinum, einem ehrwürdigen und der medizinischen Fakultät der Wiener Universität angehörigen Gebäude, die historisch-medizinische Sammlung zu besuchen –
vorbei an den Schaukästen auf dem Gang mit ihren monströsen Instrumenten und zeitgenössischen Wiedergaben ihrer Anwendung (weniger Skizzen mittelalterlicher Foltermethoden als Max Ernst'sche Erfindung durch kalte Hinzufügungen von ihm erdachter Geräte und Apparaturen in umständliche Anleitungen zur Körperpflege und zum Körpertraining) und vorbei auch an den Gipsbüsten altehrwürdiger Koryphäen in die drei Säle, in welchen die im Auftrag Kaiser Josephs II. für Studenten der Anatomie nach vorbildlich präparierten (und dadurch idealisierten) Leichen von einem Florentiner Künstler in natürlicher Größe angefertigten Wachswiedergaben zur Schau gestellt werden.
sieht man dort um sich, befindet man sich in einem traumhaft überhöhten Leichen- und LeichenteileSchauhaus, in einem von einem Geisteskranken in eine Prosektur verwandelten Wachsfiguren-Wunderkabinett, in einer Bildhauerwerkstätte, deren Figuren, Torsi und auch erst roh zubehauene Steine zur Geisterstunde als Ganzes oder zu einem Teil zum Fleisch des allzu genau kopierten Menschen geworden sind, und daher auch in dem qualvollen Traum eines Anatomen, sei es über die innere Natur der Geliebten, sei es über die Natur der geliebten griechischen Kunst –
Traumverwunderung, daß all diesem dinglich Toten lebendig gewesenes Totes Modell gelegen oder gehangen hat und daß es, eben weil es kein Leben vortäuscht und auch keine Entseelung wie die Totenfiguren der Kunst, manchmal der zur Leiche gewordene Tote selber zu sein scheint, scheinlebendig manch unseziert nachgebildetes Stück Bein mit Fuß, als wäre es einem Lebenden soeben erst amputiert

worden und ihm daher noch angehörig, und manch anderes Teilstück von weitem ein Blick in eine Fleischhauerei.

den Wänden entlang kleinere Vitrinen von so edler Form und Fassung, als wären sie für wertvollen Schmuck bestimmt –

die beiden Hälften eines Riesenostereies geben sich als weibliches Organ zu erkennen, die Weinschläuche, Lederbeutel und Satteltaschen als normale oder pathologisch veränderte Organe des Verdauungstraktes; was ein Weihwasserkessel mit verästelten Verzierungen sein könnte, ist ein aufs Wesentliche reduziertes Urogenitalsystem. die Strünke mit abgehauenen Wurzeln sind hockende halbe Rümpfe mit Beinansatz, der Sagittalschnitt durch einen Oberarm mit dem helleren Kreis des Knochens in der Kreismitte könnte genauso gut ein durchgesägter Ast einer Blutbuche sein. der schöne Bienenkorb oder Weidenrutenkorb ist ein Brustkorb ohne Stützmuskeln, das schwertförmige Skelett eines Fisches ein Rückenmark mit Nerven. Spitzenjabots, zu Girlanden gedrehte Spitzenbänder mit Volants und noch manch andere Außen- oder Innenwand unseres Umwandlungs- und Transportsystems (was ›Gekröse‹ heißt, ist eine durch ein Fernrohr gesehene stark zerklüftete Gletschereislandschaft)

unter je einem gewölbten, mit goldenem Boden und goldener Stützvorrichtung ausgestatteten (und daher zur Überdachung von Sakralgegenständen ebenso geeigneten) Glassturz werden antike Büsten aufbewahrt – betrachtet man ihre klassischen Profile, auch in der Beschaffenheit der Haut den Augusteischen Gemmen aus Onyx verwandt, von weitem, tragen sie das kleingelockte, wohlondulierte Haar hochfrisiert, dann wieder haben sie, als wäre dies eine Ausstellung historischer Kopfbedeckungen, seidig-glänzende Goldhauben, weiße Kapuzen oder rotbestickte, an Dante gemahnende Tücher auf, deren Zipfel ihnen allerdings in die Schläfen hängen, manchmal auch Flügelhauben oder Mützen mit schwalbenschwanzförmigen Nackenbändern oder mit einer Mozartzopfmasche –

im Nähertreten aber sind Haartracht und Kopfputz das der Schädelkapsel beraubte, meist nackte und von Blutgefäßen durchzogene Gehirn, auf die Seite gestülpt die Hirnhaut, und die Seidenbänder und Maschen am Nacken sind die Nackenstützmuskeln. bei einem sieht man durch ein aus der Wange des ansonsten unverstümmelt gebliebenen Gesichts gebrochenes Fenster die zwischen den Zähnen liegende Zunge. den Großteil der drei Säle nehmen, als wäre dies ein Notlazarett, Tische von der Größe schmaler Betten mit Glasaufsatz ein, Schlafsaal des vom toten Kopf bis zum toten Fuß reichenden rohen Fleisches, welches, wie von einer Mutterleib-Tiefkühltruhe umschlossen, wohlpräpariert seinen enthäuteten Leichenschlaf schläft mit nun ohne Lider beziehungsweise Gesichtshaut bloß freiliegenden, scheinbar offenstehenden Augen, gedenk, o Mensch, du bist von Fleisch und deine Schönheit nur hautdünner Schein –

bei aller Naturtreue sind diese Objekte der Wirklichkeit entfremdet und der Kunst nahegekommen durch ihre nichtnaturalistische Künstlichkeit: damit der Blick für das menschlich Allgemeine nicht getrübt wird, fehlen Fettgewebe, ausgetretenes Blut und dergleichen, hat die Handwerkskunst des Anatomen und des Bildhauers bestimmte Leichen, sprichwörtlich Wachs in des einen, richtiges Wachs in des anderen Hand, zur männlichen und zur weiblichen Leiche an sich abstrahiert und somit auch zu *dem* Menschen gemacht, als welcher wir erst postmortal nach entsprechender Lagerung und Behandlung wahrgenommen werden können,

und daher sind diese realen Abbildungen auch insofern künstlerischen Hervorbringungen verwandt, als sie, wie eine Partitur studiert und wie Gedichte auswendiggelernt, den Studenten zu inneren Bildern werden mußten, zu einer so klaren Vision von der inneren Beschaffenheit des idealen Körpers, daß ihre imaginative Projektion auf oder in den, welcher eines Tages dem ausstudierten Mediziner wohlverschlossen gegenübersitzt mit unsichtbaren Leiden, sein Krankheitsbild erahnen läßt, und sei es eine Abweichung von ideal beschaffenen Organen,

und nahe der Kunst als dem Zustand des Innehaltens der Zeit in der künstlich angehaltenen letzten Selbstvollstreckung der Vergänglichkeit (Nichtkunst aber sind sie geblieben, weil ihre zu Lehrobjekten verfremdeten Körper ohne Imaginationen hervorgebracht worden sind, die selbstlose Enthaltsamkeit des Künstlers von Inspiration in Übereinstimmung mit den entseelten Originaloriginalen, nichts als Modelle toter Modelle, aber ein Scheinelement von Kunst, was pädagogischer Intuition und Intention wie Blut entflossen ist – was als kosmetische Verschönerung empfunden werden könnte, dient der besseren Orientierung in der Panoramalandschaft Mensch: neben arterienroten und venenblauen Flüssen durchzieht ein weitverzweigtes Netz von himmelschlüsselgelben Nervenleitungen und schneeweißen Lymphbahnen mit zarten Knotenpunkten dies tote Land)

manche männliche Leiche scheint vom Heldentod zu träumen, in ewigem Schlaf liegen sie so da, wie griechische Knaben in einer Wettkampfpause rasten könnten, zart zugleich wie Hasen, denen man den Balg abgezogen hat – beugt man sich über das Landschaftsrelief eines, dessen innere Organe entfernt worden sind, erstreckt sich vor einem eine von Muskel- und Sehnenformationen gestützte, zwei Mulden umfassende Beckenlandschaft, und man schaut (die Wirbelsäule und die Rippen sind nicht entfernt worden) in einen Schiffsrumpf hinunter oder in einen Dachstuhl hinauf, rundbogenförmige Äste verzweigen sich von dem kräftigen Dachfirst.

in einem schmalen hohen Glaskäfig steht einer, der, nichts als Muskelbündel und Sehnen, weniger roh erscheint als ein prämierter eingeölter Muskelmann, dies könnte im Völkerkunde-Museum eine Rothaut in Kriegsbemalung sein, ein

Eingeborener mit ins Gesicht geschnittenen Stammeszeichen, der in Blut gebadet hat, in fiebriger Trance die Augen aufreißt und als den Tiger tanzender Jäger tollwütig die Zähne zeigt – oder ist es ein Athlet in einem getigerten Trikot? nur aus der Nähe betrachtet ist er trotz der Spielbein- und Standbeinhaltung ein frisch Gehenkter.
ein kleinerer Saal beherbergt auf seinen Tischen vier Gebärende oder eine einzige in verschiedenen Phasen der Geburt, von jedem Bauch wäre ein Deckel abzuheben (möglicherweise sind manche Organe der Sammlung beweglich); die Griffe der einmal so und einmal so den Kindskopf haltenden Zange werden von einer himmelblauen Masche zusammengehalten, seltsame Stellvertreterin der Geburtshelferhand.
scheint während der Besuchszeit die Sonne, so gehören die lebendig in der Sammlung Befindlichen ein wenig mehr dorthin – das durch grüne Jalousien dringende Licht färbt die Gesichter totenwächsern oder sterbensübel.
all diese Wachspräparate, erfährt man von einer Lautsprecherstimme, so hohl und verzerrt, als käme sie aus einem Geisterreich, seien genauso, wie wir sie vor uns haben, von Florenz nach Wien transportiert worden, auf Mauleseln und zuletzt per Schiff die Donau abwärts – welch ein Schwerstverwundetentransport und Leichenzug muß das gewesen sein: weichgepolstert ihre Betten, damit ihnen keine Erschütterung widerfährt und kein Schaden am Herzen oder an der Lunge, ihre Glashäuschen an ihrer Statt mit vermutlich schwarzen Tüchern zugedeckt zum Schutz des nackten Wachses vor der Sonne.
das eigentümlichste Objekt der Sammlung aber, das eigentliche Kunsterlebnis, ist inmitten enthäuteter Männer ein junges Mädchen, in welchem etwa zweihundert Jahre vor André Breton ein einzigartiges Traumbild programmatische Gestalt angenommen zu haben scheint als von einem Traum gegebene Antwort auf die Frage, was Surrealismus sei und in welche Irrsinnshöhen, überraschend wie wirkliche Träume

und willkürlich lenkbar wie Malerbilder, Tagtraumimaginationen geführt werden könnten von der an der Realität geschulten, mit scharfem Traumlicht den schönen Schein partiell durchleuchtenden Phantasie:
in einem mit Edelholz gerahmten Glassarg liegt auf einem der Leichentische auf zwei Atlaskissen und einer schön drapierten Seidendecke, als wäre dies ein Totenschrein mit einem unversehrt erhalten gebliebenen Heiligen oder mit einem kostbar bekleideten Skelett mit Bischofsmütze oder Kaiserkrone auf dem Totenschädel, ein schönes junges Mädchen schlafend da als ein flachsblondes Schneewittchen – rosa die Wangen, rot der ein wenig geöffnete Mund, im Schlaf die Lider gesenkt und den Kopf ein wenig zurückgeneigt, und von welcher Zartheit ihr Hals!
an der schönen Stirn hat sie einen schmalen Reif, umgelegt hat sie eine zweireihige Perlenkette, wie elfenbeinweiß und engelsglatt ihr Dekolleté!, schulterlang die schönen blonden Locken, anmutig und damenhaft die Haltung ihrer nicht starren, sondern vom Schlaf gelösten Glieder, wie ergreifend ihr Unschuldsschlummer in den feingliedrigen Armen und Beinen und Händen und Füßen, und wie jungmädchenhaft zart auch die Haut an den Zehen und Fersen! die einen Spalt geöffneten und von zarten Wimpern verhangenen Augen scheinen ein schönes Traumbild festzuhalten und ihr Mund scheint im Traum zu seufzen, welch eine vom Schlaf beseelte und in einem leichten Schlaf dem Schlaf seelenvoll hingegebene Puppe, und wie ernsthaft trotzdem der Ausdruck ihres Gesichtes.
als ein Traum der Ophelia scheint dies junge Mädchen auf dem Fließen eines zwischen Zeit und Ewigkeit dahinstreichenden Flusses mitzufließen, denn wie einen Kranz aus weißen Wasserlilien, Seerosen und Gladiolen hat sie um die Hüften drapiert die ihr behutsam aus der Bauchhöhle gehobenen Gedärme, auch ihre Lungenflügel, zart und rosa wie schon zu ihrer Zeit nur die von Gebirgsbewohnern,

scheinen im Schlaf an ihrer Oberfläche zu atmen, schönes schlafendes Mädchen, das sich von seinem Tod nichts wissen macht!

bis auf den Schmuck, den sie zu Lebzeiten wohl nie getragen und kaum besessen hat, ist sie entkleidet und zugleich über die Nacktheit hinaus bis zum Nicht-mehr-nackt-sein entblößt, liegt als so makellose Gestalt da, daß ihr seltsam lebendiges Doppelleben von Außen und Innen rascher, als der Betrachter erschrickt, eine ganz natürlich empfundene Eintracht herstellt zwischen eingeborener Natur und angeborener Natürlichkeit, vielleicht wird sich einer, erschrocken bloß über das Rätsel Liebe, in ihre Grazie verlieben und sich, um eine heimliche Nacht bei ihr zu wachen, vom Totenwärter hier einschließen lassen –

so beschaffen, wie sie beschaffen ist, und so daliegend, wie sie daliegt, gemahnt sie keineswegs an die vordergründige Schönheit der Frau Welt, deren Hinterseite schon entstellt und zerfressen ist, nicht an die von einem Kind aus Neugierde, wo die ›Mama‹ weinende Seele verborgen sei, zerfleischte Puppe, nicht an den Künstler, dessen Kunstverstand kalten Herzens unabhängig von ihm existierende Schönheit in ihre Bestandteile zerlegen muß, um sie nach den Gesetzen seiner Kunst neu zusammenzufügen und ihr *die* Schönheit einzuhauchen, welche als Geist der Schönheit die Schönheit der Kunst ist: eher ist sie das Wahnbild eines, der, wenn er liebt, in Augenblicken größter Bewegtheit die Geliebte mit einem schmerzlich tiefen Blick durchdringt – nicht nur ihre schöne Haut, auch ihr Herz, auch ihre Lunge, auch ihr Zwerchfell will er zärtlich lieben.

läßt man nach einem Verweilen in ihrem Gesicht den Blick über sie schweifen, über das an einem Abgrund endende Dekolleté hinweg, über das Lungenrosa, das Fleischrot der Leber, über die Bauchhöhlenmulde, von Schamhaarlöckchen begrenzt, und langsamer über die wie in Liedern schwanenweiße Haut der träumend aneinanderlehnenden

Beine, so möchte man meinen, ein Kuß auf den leicht offenstehenden Schneewittchenmund werde Brust- und Bauchhöhle sich schließen machen als ein sich einem eine Vision lang eröffnet habendes, gleich wieder von Vergessen verhülltes Geheimnis.
›Mediceische Venus‹ hat ihr Hervorbringer sie genannt, wie einer kleinen Tafel an einer Seitenwand zu entnehmen ist, er habe, ist dann noch herauszufinden, die Körpermaße oder Proportionen der ihm Modell liegenden Leiche, einer jungen Meranerin, jener Statue angeglichen, welch frei erdachtes Künstlerlatein!
aber wenn englische Reisende des achtzehnten Jahrhunderts in den Uffizien der ihr ganz unähnlichen Wahlschwester aus Stein die Hand geküßt haben (doch nicht die, welche sie anders als die Kleine schützend vor ihren Unterleib hält!), dann könnte ein Heutiger, fiebrig entzückt von den gebauschten BauchhöhlenDessous, dem verewigten Fleisch nahetreten wollen, wäre es nicht durch Glas unzugänglich gemacht

Das Märchen vom Kaiser und der Nachtigall

krank vor Sehnsucht nach dem Gesang der Nachtigall, welche er die letzte Nacht in seinem Garten singen hören habe, befiehlt der Kaiser, sollte man meinen, daß man sie ihm fange, aber das stimmt nicht: von Sehnsucht geschüttelt, ihn wieder zu hören, befiehlt der Kaiser den Künstlern des Reiches, sie sollten ihn *den* Nachtigallengesang hören machen, den er in der Nacht in seinem Garten gehört habe.
ein Künstler nach dem anderen läßt seine Nachtigall für den Kaiser singen, jeden aber jagt dieser, enttäuscht und von Tag zu Tag kränker, aus dem Palast. schließlich kommt ein junger Mann, und aus dem Käfig in seiner Hand strömt das Lied, das den Kaiser sogleich gesund macht.
als dieser jedoch erfährt, daß es eine lebendige Nachtigall ist, öffnet er ihr erzürnt den Käfig und läßt ihren Überbringer, den er zu einem seiner Minister gemacht hatte, in den Kerker werfen, vermutlich nicht für lange: bald nämlich muß er erkennen, daß diese eine Nachtigall die richtige gewesen wäre, bricht sogleich auf, sie in den Wäldern seines Reiches zu suchen, und gesundet, sobald er sie doch noch singen hört (ungefähr so oder so ähnlich erzählt Andersen oder Oscar Wilde das Märchen, das wohl in China beheimatet ist)
mancherlei möchte man der Tendenz dieses Märchens entgegenhalten, manch anderes von ihm erfragen:
die Lehre und Pointe soll offenbar sein, daß die Unterschätzung der Natur zugunsten der Kultur und des Künstlichen so falsch wie lächerlich sei – wie fragwürdig auch der Wettstreit der Kunst mit der Natur beziehungsweise die Nachahmung der Natur durch die Kunst immer schon gewesen sein mag, so als bedürfte sie der Rechtfertigung durch solche Bemühung (Kunst um so mehr, je größer der Diebstahl an der Natur und durch Naturnähe das Plagiat) und als hätte sie

nicht ihre eigene Domäne, verdienen die Nachtigallenmaschinen trotzdem höchste Bewunderung, in mancher Weise größere als der von einem omnipotenten Gott hervorgebrachte natürliche Vogelgesang: wie viel mathematische und technische Genialität, wie viel künstlerisches Raffinement und handwerkliche Präzision sind nicht in diese Vögel eingegangen, die als Puppenautomat und Musikinstrument den Geist ihres Schöpfers, Tierstimmenimitator und Bauchredner mit Kopfstimme in einem, in Nachtigallenstimmen singen machen und, frei von Stimmungen, Indispositionen und dem Bedürfnis nach gleichgestimmten Gegenstimmen, jederzeit konzertieren, welch wunderbare seelenlose Wesen, die, mit Erfindergeist und der Liebe des Samariters beseelt, seelische Bewegungen auslösen können durch mechanische Vollstreckung ihres Programms, welch Nachtigallen, die wie die lebenden schlagen, welch Herztöne eines Uhrwerks sie!

wenn also Künstler mit Nachtigallengesang beauftragt werden, kann man nicht erwarten, daß sie zu Vogelfängern werden, nicht einmal zu Komponisten, da das Lied, nach dessen willkürlicher Reproduzierbarkeit es den Auftraggeber verlangt, ja längst existiert – allen Respekt verdient ihr Mut, ihre Karriere und vielleicht auch ihren Kopf aufs Spiel zu setzen, indem sie sich einem schwierigen, vielleicht zum Scheitern verurteilten Auftragswerk unterziehen, encouragiert von der Rührung, daß der Kaiser ihnen und nur ihnen seine Heilung zutraue durch die Hervorbringung von etwas, das der Natur gleichwertig, ja überlegen sei durch die Fähigkeit, an ihre Stelle zu treten, allen Respekt auch ihrem Selbstgefühl als der Überzeugung, die Begabung und die Aufgabe der Kunst sei es, Leiden zu mildern und im Leben Verwehrtes mit Illusionen und Imaginationen zu trösten.

der junge Mann aber, der, ohne sich zu erklären, ›seine‹ Nachtigall als die letzte einer Reihe künstlicher Nachtigallen vorführt, ist klug, aber ein Betrüger – sein Motiv mag ebenfalls der Wunsch sein, seinen unglücklichen Herrn wieder glücklich zu machen, was aber, wie er nur zu gut weiß, seit er den von Architekten entworfenen kaiserlichen Naturgarten und die ländlichen Gartenfeste der Hofgesellschaft von ferne gesehen hat, nur nach dem Satz ›Der Zweck heiligt die Mittel‹ möglich ist – er ist die Verherrlichung des gesunden Menschenverstandes, ein platter Realist und ein Naturalist: er würde, statt eine Brücke zu bauen, geschickt einen Weg durchs seichte Wasser finden, und wenn der Kaiser eine Tragödie forderte, auf der Bühne einen Menschen schlachten lassen.

der Kaiser und sein Befehl an die Künstler – er ist zwar gewohnt, daß alles, was er befiehlt, ausgeführt wird, weil er unumschränkte Macht hat, aber diesmal gilt seine Lust weder den Schätzen eines anderen noch einem noch unerobertem Land, sondern der Schönheit, und so ist sein Verlangen nicht größenwahnsinniger Wettstreit mit Gott, sondern tragisch wie eine Liebe, mit welcher ein unglücklich Liebender Gegenliebe erzwingen will als die einzige Heilung von einer so lange unheilbaren Krankheit, als er mit jedem ausbleibenden Echo in der ersehnten Gegenstimme die Krankheit Liebe heftiger schmerzen fühlt:

er hat sich so sehr in diesen Nachtigallengesang verliebt, daß er, ihn wiederzuhören, nicht bis zum nächsten Frühlingsabend warten kann, er will, daß die eine Nachtigall unabhängig von Tageszeit, Liebeszeit ... dann für ihn singt, wenn er sie singen hören will, indirekte Forderung nach einem Automaten, welcher, den allen und niemandem gehörenden freien Nachtigallen nachgebaut, durch immerwährende Verfügbarkeit sogleich zu seiner Privatnachtigall, zur Königsnachtigall, zu seiner Kreatur und Geliebten geworden sein wird,

und überdies wünscht er sich etwas, das erst recht unerfüllbarer Wunsch bleiben muß: uneinsichtig wie ein Liebender,

welcher mit endgültiger Wahrheit sich widersetzender Liebe die tote Geliebte lebendig machen möchte, verlangt er *den* Gesang zurück, den er einmal gehört hat und der als zu Ende Gesungenes, wie oft diese Nachtigall auch noch sänge, auf immer vorbei ist, genau diesen sollen ihm die Künstler mit ihnen anbefohlener Zaubermacht über Zeit und Ewigkeit zu neuem Leben erwecken.
und die Künstler? beseligt von solchem Kinderglauben an die Kunst, gehorchen sie mit der Entwicklung von Nachtigallen, welchen, nicht mehr den Naturgesetzen untertan und allein für den Kaiser erschaffen, der Nachtigallengesang an sich, nicht eine bestimmte Nachtigallenstimme, eingegeben worden ist, damit in einer Annäherung an den Kunstgesang die Besonderheit schlagender Nachtigallen ohne die Trauer einer Gefangenen ihrem Liebhaber von seiner Liebe singe und ihn die *eine* vergessen mache:
manchmal soll ihr Lied scheinbar entschlafen, um ihn mit der unvermuteten Wiederkehr der Tonfolgen, die ihm am meisten zu Herzen gehende Intervalle und Herzsprünge enthalten, von neuem seine Liebe erleiden zu lassen in dem sich ihr weitenden Herzen und sein Herz zugleich mit einem Frieden zu stillen, der Friede wäre über die Unverlierbarkeit dieses einen, der anderen Liebe bald vergessenen Glücks – welch große Künstler, die bloß daran scheitern, daß der Kaiser nicht den schönsten Nachtigallengesang haben möchte, den es gibt, sondern daß er einen, den nur er gehört hat, wieder so hören möchte, wie nur er ihn mit und in seinem Herzen gehört haben kann, zu nackter Schutzlosigkeit entwaffnet von nie zuvor ihm widerfahrenem Entzücken, wie sollten sie mit lebenden oder toten Vögeln die Erschütterung einer längst vergangenen Nacht so wiederbeleben können, daß diese jetzt erst wäre und die Wiederholung des Gesanges zugleich das erste und einzige, weil unwiederholbare Mal!
welch ein Kaiser aber auch, der an einer Vogelstimme krank

werden kann und, zu dem Kind geworden, das er nie gewesen ist, sich dieser Liebessehnsucht widerstandslos hingibt, in einem Nachtigallenlied *seine* Schönheit erkennt als sein reinstes Verlangen und die Künstler mit dem Befehl, Natur in Kunst zu verwandeln, Dahingegangenes unsterblich zu machen zwingt; oder der auch daran leidet, daß Kunstschönheit hinter Naturschönheit zurückbleiben müsse, und darüber sein Amt und sein Reich vergißt!

so kann man, ja so muß man das Märchen vom Kaiser und der Nachtigall als ein Gleichnis über die Liebe und ihren die Welt entrückenden Zauber verstehen, die beiden ein Liebespaar wie Prinz Siegfried und der weiße Schwan in Tschaikowskys ›Schwanensee‹ – diejenige, welche sein Herz im Traum erkannt hat als die, welche es als die einzige sein kann und einzig ist, kann von keiner Zwillingsschwester und keiner Puppe ersetzt und ausgelöscht werden, da keine ihr noch so gleiche die Liebesprobe ›Wiedererkennen in demselben Sehnsuchtsschmerz‹ bestehen kann, nur sie schenkt ihm dieses Drängen nach frischem Herzweh und mit diesem auch Bezauberung und Frieden.

Nachahmung sei nichts, da Nachahmung seelenlos bleibe, könnte die Lehre des Märchens sein – was aber, wenn die Enttäuschung des Kaisers, daß die Nachtigall des jungen Mannes lebendig sei (er entdeckt dies ja nicht, es wird ihm bloß hinterbracht), diesem so unrecht tut wie alle die, welche, weniger begabt und eifersüchtig auf seine Kunst, ihn als Vogelfänger verleumden; wenn dem Kaiser die Wahrheit verborgen bleibt, weil das wunderbare Kunstwerk, wenn man ihm den Käfig öffnet, wie ein wirklicher Vogel davonfliegt, Singvogel und Flugmaschine in einem, gemacht nach dem Bild in seinem Herzen (und von dessen Bewegungen zum Leben erweckt) und als Wunschbild von seiner Geliebten und auch Wunscherfüllung so lange bei ihm geblieben, als seine Hingegebenheit ihre Stimme auch in seinem Herzen singen hören hat?

dann wird die Nachtigall, die er in den Wald suchen geht und traumwandelnd endlich findet, vielleicht nicht nur die aus dem Käfig gejagte gewesen sein, sondern vielleicht auch die, welche der junge Künstler, vielleicht sein Verführer, schon einmal im Schloßpark für ihn singen lassen hat, was auch immer damit zu erreichen oder zu beweisen!

Herbstbilder

besucht man in einem bestimmten Oktober das Mädchengymnasium ..., so begleiten einen die Stiegen hinauf hühnervogelgroße Vögel, im Zeichenunterricht in die Welt gesetzt, das heißt: auf braunes Packpapier geklebt, welches durch die Gemeinschaft mit Vögeln dafür entschädigt sei, daß in der Zeit der Kunststoffdrachen Packpapier immer seltener im Herbsthimmel rüttelt.

entscheidend für den Zauber dieser Bilder aber schon der Augenblick, in welchem man, aufs Stiegenhaus zugehend, der farbigen Vögel gewahr wird: von weitem hält man sie für Aquarelle, nach der Natur gemalt (»ach ja, im Herbst werden Fasane und Rebhühner gejagt, welch ein Glück, daß ihr Gefieder den Herbstfarben gleicht und ihnen daher so lange ein Schutz ist, als sie auf Herbstwiesen spazierengehen oder durch buntes Laub laufen, nur weil sie so viel Herbstrot und Herbstbraun an sich haben und als Laufvögel den schutzlosen Himmel meiden, haben sie überlebt!«),

als sollte man erst im Nähertreten entdecken, was nach einer kleinen Enttäuschung ein Entzücken ist: die Vögel sind nicht nach der Natur gemalt, sondern sind Natur, indem sie aus *dem* Wald gemacht sind, an dessen Lichtungen sie im Herbst bloß ruhig zu halten brauchen, um scheinbar nichts als Herbstlaub zu sein und Gestrüpp, ihr Gefieder besteht aus draußen im Herbst gesammelten bunten Blättern und Früchten!

da und dort ein Buchenwaldbauch, eine ahorngelbe, eine kirschblattrote Brust, eine eichenbraune oder haselhuhngesprenkelte Oberseite; ganzrandige und gefiederte Federn, ein Herbststrauß ein Auerhahnstoß, unter den Augen veitschrote Hautlappen, Mehlbeerblattkehle eines Weidenschwanzes, Birnblattpirol, Rosendornschnabel, fleischigroter Eibenfruchtkragen einer Brombeerheckentaube, und die Schwanzfedern zweier Fasane Weinrebenzweige, länger als eine Pfauenschleppe, aber erst der vielerlei Kopfputz! gefächerter Eichenblattkakadu des Eichelhähers, Farnkrautkamm eines Berghahnes, gefingerter Schopf eines Kardinals, Waldrebenhaube einer Haubenlerche oder Haubenmeise, Hopfenwiedehopf.

Robinienperlhuhn, Schilfschildhahn, Mischwald und Laubwald der gespreiteten oder angelegten Flügel.

auf Blattfüßen und Stengelbeinen stehen sie da oder auf dürren, unten feinverzweigten Ästchen – wird der Kernbeißer mit einem Bucheckernschnabel oder das Haselnußhuhn die Meisen und Kleiber aus dem Schulgarten so zu Gast bitten, wie die an den Himmel spiegelnder Verandafenster geklebten ScherenschnittFalken Schwalben am Glas zu zerschellen bewahren?

eine Eule hält sich in einem Strauch verborgen, aber der braun gewordene Strauch, aus dem sie hervorschaut, ist sie selber. auch ein Karpfen ist da, warum nicht: im Spätherbst muß er auf der Hut sein, so besteht er aus den in seinen Waldviertler Teich gefallenen Blättern, oder sind seine Kastanienblattflossen die Schwimmfüße einer Wildente?

jedes Bild ein Herbstbaum, der ›ich bin ein Vogel!‹ sagt, jedes Bild ein aus dem Wald geholter Vogel, der, weil er zugleich ein Herbstwald ist, sich aufplustert, indem er den Zugluft-Herbstwind in seinen Zweigen spielen läßt, fast so verwunderlich wie die sowohl kahlen als auch belaubten Bäume, die im Umriß und Geäder eines jeden Blattes enthalten sind,

und so gemahnen diese Waldvögel auch an ein Vogelbild René Magrittes: an den Vogel, der, durch einen blauen Himmel mit weißen Wolken fliegend, ein Vogel dadurch ist, daß der Maler ein Stück blauen, leicht bewölkten Himmels mit den Umrissen eines fliegenden Vogels gegen den übrigen Himmel abgegrenzt hat, Vogel, der *das* des Himmels und der Wolken unverschattet beläßt, was ansonsten ein fliegender Vogel mit seinem Körper verdeckt – mit dem Unterschied, daß nun das Herbstlaub, das schon oft Rebhühner und Fasane in seinen Schutz aufgenommen hat, sich zu dem von ihm geschützten Fasan und Rebhuhn erklärt, und mit der Gleichheit, daß genau so, wie an dem leicht bewölkten Himmel Magrittes der Vogel, welcher ihn durchflogen hat, seine Spuren hinterläßt, indem er ein Stück Himmel ihm wie ein Vogel nachzufliegen verleitet, nun die Vögel, die sich oft ins Laub ducken oder aufgebaumt sich zwischen den Zweigen verstecken, dem Laub und dem Baum für ihre Rettung dadurch danken, daß sie, sogleich in den Himmel davonfliegend, ihm außer ihrem Erschrecken vor dem Jäger ihre schönsten Farben zurücklassen.

und noch mehr als an den Himmelsvogel Magrittes lassen diese Waldlaubvögel als aus Herbst gemachter Herbst an Arcimboldos Jahreszeiten denken, an das Bild des Herbstes, in welchem (allerdings bloß gemalte) Baum- und Feldfrüchte als Einzelheiten eines Gesichtes sowohl birnenförmige Nase als auch eine eine Nase darstellende Birne sind – mancher Vogel dem Umriß und der Farbe nach Herbststrauch oder Herbstwald geblieben oder immergrüner Nadelbaum, aber jeder auch zu einem Vogel geworden dank einem sich als Schnabel erklärenden Tannenzapfen oder einer zu einem Herbstlied aufgesperrten Schote, dank zwei aus dem Baum schauenden Beeren- oder Samenaugen: auf festen Greifvogelwurzeln steht ein soeben auf die Herbstwiese niedergegangener, sogleich aus der Herbstwiese auffliegender Herbst da und krächzt raschelnd ›jetzt ist Herbst, denn ich bin es!‹ (und wenn dieser Laubsängerwald keine Augen und Schnäbel und Vogelfüße hätte, könnte er auch aus Vogelfedern gemacht sein)

in wenigen Wochen, wenn der Herbst so weit fortgeschritten ist, daß in den Baumkronen nur mehr Winterkrähen das Laub sind, wird das Gefieder fahl werden, werden seine Vögel sich entlauben –

von der Herbstwaldwand wird ein Blatt nach dem anderen

fallen, die Stiegen hinunter wird es die Federn des sich zum Winter mausernden November wehen, das Fliegen der Vögel und das Fallen der Blätter wird als Häufchen Laub auf der Schaufel des Schuldieners in einem Nest aus Laub zusammenkriechen.

und wenn dann das erdbraune Packpapier noch immer mit Stecknadeln an der Stiegenhauswand befestigt wäre, könnte es ein Totengedenken für all die Schmetterlinge sein, die trotz ihrer Sommerwiesenfarbe gefangen worden sind – vielleicht aber wird zur rechten Zeit ein kräftiger Oktoberwind ins Schulhaus dringen und die Vogelbilder nach einem ängstlichen Rascheln ein Flattern lang eine Verwandtschaft mit Mauerseglern träumen lassen

In einer Ausstellung ›Die Kunst der Nazarener‹

auf die Zeichnung ›Der heilige Joseph und der Jesusknabe‹ eines Nazareners zutretend, suchst du dir die wenigen dir bekannten Bilder zu vergegenwärtigen, welche, wie zum Beispiel die Abbildung in dem Katechismus deiner Schulzeit, Jesus in der Werkstatt seines Vaters zeigen – meist steht der Knabe untätig da, schaut Joseph beim Hobeln zu und ist durch seine Untätigkeit ein Fremder in dieser Arbeitswelt, vielleicht sogar einer, der längst weiß, daß er, der im Tempel die Schriftgelehrten zu seinem künftigen Glauben bekehren will, die Tischlerei dieses Vaters nie übernehmen wird.

und dann macht dir die genauere Betrachtung dieser einen Zeichnung plötzlich klar, daß Joseph nachträglich, das heißt: nach Jesu Kreuzestod und in Rücksicht auf diesen, zu einem Tischler gemacht worden ist, magst du dies auch schon geahnt haben, sooft du dich vor deinem Katechismusbild beunruhigt gefragt hast, ob da wirklich nichts anderes gezeichnet sei als ein Alltagstag Jesu, hingebracht in der Nähe des Vaters, welcher halt, weil er ein Zimmermann ist, in einem Zimmer etwas aus Holz zimmert, irgend etwas, oder ob dem beim Hobeln zuschauenden Jesus nach dem Willen des Zeichners bang sein soll vor den Brettern und Nägeln und ob er sich deshalb, indem er täglich den Vater in der Werkstatt aufsucht, wie im Traum an die mit ihm heranwachsenden Todesahnungen und seine allzu frühe Todesangst beizeiten gewöhnen will –

der Nazarener läßt wie andere Künstler Joseph hobeln und sägen, sein Jesusknabe aber trägt ein Brett durch die Werkstatt, das in der Weise lang und schmal ist, daß der Weg nach Golgatha idyllisch vorweggenommen wird, das durch seine Dicke aber auch schwer genug ist, daß Jesus, dadurch

erst recht noch ein Kind, es in der uns von Kreuzwegbildern vertrauten, etwas gebückten Haltung geschultert hält
der Apfelbaum und der Kreuzesbaum, ja. auch das halbnackte Jesuskind auf Stein und Stroh, die Arme ausgebreitet wie gut dreißig Jahre später bei der Nagelung ans Kreuz. vielleicht auch die segnend oder brüderlich umarmend ausgebreiteten Arme des erwachsenen Jesus als ein Hinweis auf die durchhängend bald noch weiter geöffneten Arme, ja vielleicht sogar Piero della Francescas auf dem Schoß der Mutter sitzendes Jesuskind, dem das an einem Kettchen hängende Schmuckstück aus blutroter Koralle ein wenig unterhalb des Herzens aufliegt –
mit solchen Anspielungen aber, sagt dir das Bild deines Nazareners, konnte und wollte sich die Volksetymologie nicht begnügen, es hat in den Knabenjahren Jesu schicksalshafte Vorzeichen geben müssen: am besten, da im Leben eines Gottes das Zufälligste kein Zufall ist, in *solchen* scheinbar zufälligen Handlungen oder noch besser: alltäglichen Tätigkeiten, welche er selber ahnungslos-ahnungsvoll zu Einübungen seines Todes, zu wortlosen Prophezeiungen seiner Hinrichtung macht:
er könnte zum Beispiel ein Brett oder einen dicken Ast zu einem Bach schleppen, um verirrten Schafen oder seinen Spielkameraden einen Steg zu errichten, aber besser ist, wenn er tagtäglich Bäume zu Balken machen hilft, was sonst als ein Tischler hat dann sein Vater zu sein! (wäre er gehenkt worden, hätten ihm die Weisen aus dem Morgenland zum Geburtstag auch noch eine Springschnur geschenkt; wäre er ertränkt worden, hätte er allmorgens seiner Mutter Wasser aus einer Zisterne geschöpft und ihr von dort ein (Tränen-)krüglein heimgebracht, wäre er gesteinigt oder von einem Turm gestoßen worden, hätte er, auf einer Tempelmauer stehend, mithilfe einer Seilwinde Ziegelsteine hinaufgeholt)
Volksetymologie, in welcher Phantasie und Konstruktion rückwärtsgerichtet zusammengehen – vielleicht hat der

Zeichner dieser Werkstatt-Szene, nicht zufällig ist er ein Zeitgenosse der Romantiker gewesen, Clemens Brentanos Schönes Annerl gekannt, das als kleines Kind das Schwert des Scharfrichters zittern und wie eine Kompaßnadel nach ihm ausschlagen macht und dem als jungem Mädchen der Kopf eines Geköpften in den Schoß springt, weil es Jahre später ebenfalls durch das Schwert eines Scharfrichters sterben wird –

Jesusknabe, der, ein Holzbrett schulternd, den Rationalismus der Erwachsenen gutheißt und auch bloßstellt. und Holzbrett, welches das Kind vielleicht auch zu tragen hat, damit es die Schuld an seinem Tod von GottVater nehme: wie man sieht, hat Jesus nicht erst zum Ölbergkelch des himmlischen Vaters (und etwa gar von diesem überrumpelt) ›Dein Wille geschehe!‹ gesagt, denn schon unter der Anleitung des irdischen Vaters arbeitet er gewissenhaft an seinem Kreuz (würde es der Nazarener als eine Unterstellung zurückweisen, das durch ihn von Joseph auf die kindliche Schulter gelegte Kreuzesholz sei auch als ein Sanctus über diejenigen zu verstehen, welche Jahrhunderte später als Stellvertreter des himmlischen Vaters und als Nachfolger Jesu seine reinsten Freunde zum Tod verurteilen werden, zur Hinrichtung aber den Landesvätern übergeben?)

auf dem Heimweg ein kleines Bedauern, daß du nicht zeichnen und daher auch nicht die Malerei des Mittelalters imitieren kannst – so wird es nicht einmal eine Fälschung geben, auf welcher der Jesusknabe am Massengrab der Bethlehemitischen Kinder säße, die Mutter zeigt tröstend zum Himmel hinauf, aus welchem sie mit den Märtyrerzweigen ihm zuwinken, und Joseph steckt von ihm gezimmerte Kinderkreuze in die Erde

Palmers-Plakat

über jede große Plakatwand gleitet während vieler Straßenbahnfahrten dein Blick, um ein Plakat *der* Serie wahrzunehmen, welcher ein spezifischer Kitzel der Seele innewohnt: jedes von ihnen, 1983 für die Firma Palmers produziert, ist ein zeitgemäßes Triptychon und überdies ein Selbdrittbild, bestehend aus jeweils drei ganz gleichen randlos nebeneinandergedruckten Farbphotographien notwendigerweise ein- und desselben (weiblichen) Modells, welches, für die ganze Serie engagiert, etwa in Lebensgröße und fast ganzer Figur stellvertretend für alle die, welche diesem Wunschbild von einer Geliebten, sei es dem männlichen, sei es dem eigenen, in dem, was daran käuflich ist, sich angleichen sollen, uns als ihrem Liebhaber oder ihrem (künftigen) Spiegelbild entgegenlehnt, an einer Plakatwand in schwarzer oder in rosenroter oder in lila Unterwäsche, an einer anderen in einem Nachthemd oder einem Morgenrock.
da man bei der allerersten Bekanntschaft mit der Palmers-Blonden keinen halben Blick lang ein Gruppenbild halbbekleideter Drillingsschwestern vor sich zu haben glaubt, ja nicht einmal auf eine Nähe, die die vertikalen Falt- (zugleich Trenn-)linien als Kleberänder erscheinen lassen könnte, den Argwohn hat, der Plakatierer habe anstatt drei verschiedener Einzelbilder drei einer Sorte aneinandergeklebt, ist fürs erste kurios die Dreieinigkeit einer Person, als sollte durch ihr Dreierbild ein so subtiler Effekt dieser Wäsche verbildlicht werden wie etwa der, daß in der liebesstimmungsvollen Aufmachung dieser einen eine jede dreimal so begehrenswert sei wie in anderer Halbbekleidetheit oder in gar keiner, weil nur dieses Schwarz oder Rot oder Violett ihren Körper beseele, beselige und daher auch beseligend mache
sogleich aber wird einem dies Plakat, wie einstmals Stummfilme mit Untertiteln versehen, ein Pseudosimultanbild –

gewohnt, daß zusammengehörige Bilder, richtig gereiht, von links nach rechts zu lesen sind, hat man die drei Einzelbilder vergeblich auf eine sukzessive Veränderung der Haltung oder des Gesichtsausdrucks hin überflogen, sieht immerhin die Bildsequenz nach beliebiger Montage durch einen zweiten Druckvorgang, die Beschriftung jedes Drittels rechts unten, doch noch in eine logische Ordnung gebracht, welche allerdings nur scheinbar die zweifache Bildwiederholung rechtfertigt, da der verschwenderisch verteilte Text ganz bequem auf einem Einzelbild Platz fände, zum Beispiel in einer Sprechblase:
unter jedem der drei Bilder steht nur ein Wort, vom Betrachter zu einem Satz wie: ›Träum von mir‹, ›Sag es mir‹ oder ›Lieb von dir‹ zu verbinden und der Blonden als von ihr gesprochen in den Mund zu legen, in den allerdings dreimal ganz gleich ein wenig offenstehenden Mund, was den gewünschten Eindruck behindert, hier seien, wenn eine Plakatwand schon nicht plötzlich auch eine Filmleinwand oder ein Fernsehschirm sein kann, drei entscheidende Laufbilder des gefilmten Liebesvorspiels, von ihr dezent initiiert in einem Zusammenspiel von Festnachtskleid etwa und drei Worten, wiedergegeben worden – oder soll man, da ein ›eu‹ und ein ›i‹ oder ein ›i‹ und ein ›o‹ nicht mit gleicher Mundstellung zu sprechen sind und diesem Wäschewesen gewiß auch nicht ein innerer Monolog von Stirn oder Augen abzulesen ist, dem Glänzen der Wäsche das Katzenschnurren anhören, für welches es bei ihr nicht reicht?
erstaunlich daher ja und nein, wie leicht unbegabte Werbung in technischer Perfektion ein Bild von (vermuteterweise erotisierendem) weiblichem Schwachsinn zustandebringt, zum Beispiel durch die Unverträglichkeit von naivem Photorealismus und primitiver Stilisierung
die Vorstadtschöne mit dem verschwommenen wasserblaue-Augen-Blick und dem zu anderem als Worte zu machen begabten Kindermund scheint, kaum daß sie in ihr Glatt-

glänzendes oder in ihr LiebesnachtNachthemd geschlüpft und vor ihr Schlafzimmerspiegelbild getreten ist, so wohlig verblödet zu sein, daß sie nicht einmal mehr einen der drei oder vier ohnehin nur drei einsilbige Wörter umfassenden Merksätze zustandebringt, ihr zusehr als der in der einen Situation richtige Seufzer aus dem Hirn ins Fleisch und Blut übergegangen, mag auch der Hauptreiz ihres solch primitive Bitt- und Dankwünsche stumm wie ein nach Luft ringender Karpfen suchenden Mundes für den gottlob unsichtbar bleibenden Palmersliebhaber (– was wird sie mir schon sagen wollen! –) von der graphischen Zerteilung des jeweiligen Zauberspruchs herrühren, ihr gleichsam mundgerecht gemacht wie ein zu großer Futterbrocken –

in den Zwischenräumen zwischen den Wörtern scheint viel Zwischenzeit zu liegen, daher habe die weibliche Unterwäsche die nackt auch ihn ernüchternde Schwachsinnigkeit zu verschleiern und mit Glänzendem an ihrer Haut von der Stumpfsinnigkeit auch ihrer Sinne abzulenken, obwohl sie sich für den, der solche Produkte schätzt und daher mehr sich als ihr schenkt, durch die Schlafzimmertür so weit in einfühlsame Sprach- und Sprechbehindertheit begeben hat, daß sie: »träum« an einem Abend sagt, dann einen Tag lang nach der Fortsetzung »von« sucht, welches »von«, nächsten Abend herausgebracht, eine Brücke zu bauen hat zu dem Schlußwort des denkenden Körpers, dessen Bemühungen um Begehrtwerden und Begehren wachgehalten werden müssen, bis endlich das schwierige »mir« gefunden ist und mit ihm vollendet der Wortlaut der Befehlsform, aus der ihre wohleinstudierte Geneigtheit endlich auch die Menschensprache in dezenten Umschreibungen spricht,

und die Langsamkeit, mit der sie eben noch vorgespiegelte Empfindungen ins Herz und auch ins Hirn steigen und endlich auch das gelähmte Sprechzentrum beleben fühlt, füllt ihre Sprechpausen mit dummem Staunen und lustvoll verzögertem Warten,

›sag‹ haucht sie abends, ›es‹ bittet sie nachts, ›mir‹ fleht sie morgens und weiß in ihrer Übernächtigkeit und Verschlafenheit zugleich selbst nicht mehr, was er von ihr nicht nur träumen soll, was er wirklich sagen soll, ob: ›ich will dich!‹, ob: ›tu's mit mir!‹ und ›her mit dir!‹ oder ob er nach einem ›red nicht so viel!‹ ›ich dich jetzt‹ nicht mehr in Worten antworten soll

je öfter man vor solch einem Plakat stehenbleibt, desto mehr erscheinen einem, was gewiß nichts mit dem Fehlen von Anführungs-, Ausführungs- und Rufzeichen zu tun hat, die zwar simplen, aber doch richtigen Träum-von-mir-, Sag-es-mir- und Lieb-von-dir-Sätze so falsch wie ein ›du träumen von mir‹, ›sagen es mich du‹ oder ›lieb du, weil schenken!‹, auch wenn dergleichen Minimalmonologe die Sprache der Bilder sprächen, geistesverwandt dem Stil, in welchem ein HollywoodDschungelmann mit Worten wie: ›ich Tarzan – du Jane‹ männliche Konversation macht –

oder sollte, sie hat ja Geschenkmünzen von Palmers in der Nachthemd- oder MorgenrockbildHand, an ihrer Statt die dreiteilige Unterwäsche dreistimmig ›ich‹ und ›danke‹ und ›dir‹ und auch ›träum von mir‹ und ›sag es mir‹ lallen, da aus solcher Wäsche selbst eine Sprachlose rede und auch von *dem* gehört und erhört werde, welchen die sogleich laut in ihm redenden Wünsche ertauben machen?

AUA-Broschüre

wie leicht ein Zu-viel die beabsichtigte Wirkung ins Gegenteil umschlagen macht, beweist nicht nur die Lächerlichkeit mancher ihrem Hervorbringer allzu erhaben geratenen Erhabenheit –
in einer Broschüre der Austrian Airlines illustriert dies innerhalb eines Artikels über ihre Küche und die Mahlzeiten, die den Fluggästen serviert werden, unter anderem eine Farbphotographie, auf welcher vier Köche mit der Fertigstellung kalter Platten beschäftigt sind:
wie es sich gehört, haben sie weiße Mützen auf und tragen sie weiße Arbeitskleidung, ja und sie halten, den Oberkörper ein wenig zurückgenommen, zu den Tabletts Respektabstand, welches Weiß und welche Körperhaltung den gewünschten Eindruck: ›selbstverständliche Sauberkeit‹, ›gut gewaschene Hände‹, ›appetitlich hergerichtete Brötchen‹, ›kein Haar wird sich auf dem Schinken finden, keines Atemhauch ihn berührt haben‹ oder dergleichen ausreichend vermitteln würde, auch dann, wenn einem die Distanz der Köche zu ihrer Arbeit unnatürlich, strapaziös und daher bloß für diese Minuten gültig erschiene, angeordnet vom Photographen, damit keines Schatten das frische Roastbeef fahl erscheinen lasse und damit ihre Hände, nun etwas angehoben, als spielten sie Klavier, die Sicht freigeben auf die Vielfalt ihrer Hervorbringungen.
diese Rechnung wird aber sogleich zunichte gemacht dadurch, daß die die Brötchen verzierenden Hände in Handschuhen stecken – nicht in weißen, welche wie ihre Mützen und Schürzen täglich gewaschen würden (und sich als kleine Erfüllung des Wunschtraums der Köche etwa, sie wollten lieber Butler sein, oder als Indiz ihrer Überzeugung, Brötchen auch für das Auge zu verfeinern, habe mehr mit dem Arrangieren von Schmuck und Perlen auf Samt gemeinsam

als mit Kochen, bloß affektiert ausnähmen), sondern in durchsichtigen und knittrig glänzenden:
was auf den zweiten Blick als übertriebene Reinlichkeit erscheint (und sei es, daß einem die Einsiedegläsern übergezogene Schutzhaut aus Zellophanpapier als erstes dazu einfiele), suggeriert spätestens auf den dritten (sofern man zuvor noch, eingedenk der Gummihandschuhe der Photolaboranten, Drogisten oder der Friseurinnen, die Brötchen scherzhaft als bloß allzu scharf gewürzt verdächtigt hat) appetithemmende Spitalshygiene und sterilisiertes Operationsbesteck, und so wird zuletzt aus den unappetitlich gewordenen Brötchen ein Grauen vor Eiterbeulen, Seziertischen und Leichengift, nicht mehr weit entfernt von dem Brechreiz vor dem Mageninhalt eines Obduzierten (denjenigen, welche auf die Darstellung *des* Ekels sich spezialisiert haben, der in Gestalt von Haaren im Abfluß von Waschbecken und in Badewannen, von Zigarettenstummeln auf Untertassen, naß zusammengeknüllten Waschflecken und Handtüchern und dergleichen ehelichen Ekel symbolisiert, sei als drastische Bereicherung der Eheekelliteratur eines geschenkt: ein angebissenes Butterbrot mit einem Lippenstiftrand)

Bei den Lehners

schon eine Woche seit dem Besuch bei unserer guten Frau Lehner vergangen, aber dieser Nachmittag hängt mir noch nach, einen verdorbenen Magen möchte ich von da an datieren, obwohl ich dank ihren mir zugedachten Reisemitbringseln, ihren Verbesserungsvorschlägen in bezug auf unsere Wohnung (daß sie dann mehr abzustauben hätte, würde ihr nichts ausmachen) und vor allem seit dem mir zum Geburtstag überreichten Diwanpolster (warum auch habe ich ihre Sommertasche, das Vorbild, eifrig bewundert!) auf die schlimmste Dokumentation dessen, was ein gemütliches Heim ist, gefaßt gewesen war – mit Herrn Lehners künstlerischer Seite hatte ich allerdings nicht gerechnet, da ich ihn, einen vor kurzem in die Rente gegangenen Feinmechaniker, nur als verläßlichen Tischler, Fliesenleger, Anstreicher und dergleichen kannte.

die Frage, was wohl das Ärgste gewesen sei, möchte ich endlich beantworten können, eine gerechte Abstufung des noch unförmigen Übels vorzunehmen, aber wenn ich: ›die Negerin aus Draht!‹ sage, fällt mir sofort der dem Japanischen nachempfundene Lampenschirm ein und vieles andere, aber um Einzelheiten geht es ja nicht.

der Anfang des abhandengekommenen Vorsatzes, alles als heiteren Ausflug in die Exotik jenseits der Donau zu nehmen, war bereits die Enttäuschung, daß es bei den Lehners keine Gartenzwerge gibt, dafür aber ein mit ›witterungsbeständigem Industriesamt‹, wie das Frau Lehner nennt, überzogenes Reh und, was ich hätte erraten müssen, einen großen Kunststoffpudel –

dem verdanke ich immerhin die Vermutung, daß heutzutage die Anschaffung von Gartenzwergen beim Käufer etwas wie schrulligen Humor oder sogar Selbstironie voraussetzt, das Bedürfnis zum Beispiel, seinem Garten als dem Abbild des

scheinbar heilen kleinbürgerlichen Kosmos etwas hinzuzufügen, das ihn zu einem Zitat der Großväterzeit machen soll, um die Passanten (und bis zur Gewöhnung an diese versteinerten Greise auch sich selber als den, der wie der Zwerg nach Schaufel oder Scheibtruhe faßt) zu der Diagnose: ›abwegige Idylle!‹ zu veranlassen.
aber ich hatte mich auf dem Weg zu den Lehners, um eine Entschädigung für die kommenden Stunden mit nachhause zu nehmen, darauf eingestellt, den Lehnerschen Gartenzwerg so zu deuten, daß in ihm (ein dem Stand, dem Besitz oder der Bildung proportionales Pendant zu den klassizistischen Marmor- oder GranitAllegorien in Fürstenparks, in Fabrikantengärten beziehungsweise zu den modernen Plastiken, von Staat oder Gemeinde angekauft und in Parkwinkeln verborgen) ein mythisches Bedürfnis oder die verlorengegangene Erinnerung an Zusammenstöße christlicher Rodungsbauern mit der heidnisch-germanischen Urwelt abgedrückt sei oder in seinen Umrissen wenigstens für die Lehners kindliche Personifizierungen ausgefallener Wurzel- oder Steinformen wiederzuerkennen seien, hatte gehofft, von Herrn Lehner bestätigt zu bekommen, daß Gartenzwerge den Fleiß des Schrebergärtners symbolisieren und somit, dem Blumenwuchs förderlich wie der Glaube an Kunstdünger, der alte Gott Priap seien oder zumindest die optimistische Auslegung des Rentnerdaseins und die Erfüllung des Wunsches nach kleinen, jedenfalls kleineren Menschen, sei es nach Dienstboten, sei es nach Kindern, und ich wäre sicherlich auch, eine öde Viertelstunde weniger, in die Praxis des Gartenzwergmysteriums eingedrungen:
ich hätte zum Beispiel erfragt, wie man, da es für diese ja wohl nicht einen ›diskreten Versand‹ gibt, Gartenzwerge kauft – ob man, ohne zu erröten, das einschlägige Fachgeschäft betritt und sich mit dem Geschäftsführer dahingehend berät, ob der mit der roten Mütze und den grünen Hosen auch wirklich der Rosenheckenzwerg sei, wie es der Katalog

behauptet, und nicht etwa nur der Erdbeerzwerg, und dann hätte ich auch abschätzen können, ob der Chauffeur vom Zwergenzustelldienst (man kann doch wohl genauso wenig wie mit einem Kindersarg mit einem Gartenzwerg unterm Arm in die Straßenbahn steigen) vor seinen Kindern seinen Lebensunterhalt (Nicht stürzen, keramische Kunst!) falsch deklariert oder ob er (genauso wie dann auch die Fließbandarbeiter der Zwergenfabrik als Vermittler von Luxusgütern von *ihren* Lieben) von seiner Familie als Verwalter eines ausgefallenen Berufes bewundert wird.
nicht ungerecht sein – dem Plastikpudel immerhin zugebilligt, daß er als magische Überwindung einer Angst das beschwichtigte Bedürfnis nach einem scharfen Hund sei, aber vor dem Reh, an dessen Zaun ein Auto nach dem anderen vorüberfährt und dessen starrer Blick die Nähe der Eisenbahnschienen deutlicher macht als die Erschütterung der Weingläser durch die Lastzüge, die Armseligkeit, mit der sich die Lehners den Wunsch nach Natur erfüllen, fast so schlimm, wie wenn Großstädter statt Tauben Ratten füttern würden, und das um so mehr, als Frau Lehner den einzigen Lichtblick des Nachmittages, ein an einem überfüllten, von einem Alpinum und Ritterburgen umzingelten und mit rotierenden Springbrunnen ausgestatteten Seerosenteich lauerndes himmelblaues Spielzeugkrokodil, als eine Dummheit des Nachbarkindes über den Zaun warf.
die modernen Perserteppiche in Nylonhüllen im Vorzimmer, für deren Betreten Pantoffeln bereitstehen, Herrn Lehners den geometrischen Mosaiken an Gemeindebauten nachempfundene moderne Kunst aus Resopal –
natürlich wußte ich seit Frau Lehners Hinweisen auf ihren Lebensstil und dank der mehrmaligen Erwähnung ihrer beider Arbeitereltern, daß es bei ihnen die wienerisch-kleinbürgerliche Tradition mit der Neigung zum Biedermeierlich-Behaglichen, repräsentiert von Spitzendeckerln, gerafften Vorhängen, gehäkelten Teehauben, kaukasischer

Nuß und Quasten, nicht geben würde, also auch keinen Waldmüllerschen Frühling und keine Wiener Radierung: die Lehners ›wohnen‹ nicht, sondern gehen gerne aus, besuchen zum Beispiel von der Stadtgemeinde und politischen Organisationen veranstaltete Kundgebungen unter anderem wegen des Feuerwerks oder der bosnischen Spezialitäten, nehmen an Gratisrundfahrten und Eröffnungen mit Musik oder Weinkost teil.

ich wußte auch, daß sich kaum ein Relikt ihrer wohl katholischen Kindheit, etwa der rosa Schutzengel hinter zwei Kindern auf einer Brücke, finden würde, sie haben ja keine Kinder und besuchen Wallfahrtsorte nur als lohnendes Ausflugsziel mit dem Rentnerverband, aber es war mir doch eine liebe Vorstellung gewesen, daß in ihrem Schlafzimmer der Herr mit den Jüngern durchs Getreidefeld geht oder im schneeweißen Kleid unterm tiefblauen Nachthimmel sitzt, was half da als Ersatz die Holzfigur, die sowohl eine Muttergottes als auch ein Arabermädchen mit Schleier sein kann, vielleicht aber eine Bauchtänzerin ist!

ich konnte mich zwar auch nicht erinnern, daß die beiden vom Land zu stammen erzählt hätten, ich habe ihnen aber, da sie gerne zu Weinlesefesten, zur Wahl der Winzerkönigin fahren, trotzdem zugetraut, daß sie einem Arbeitertrachtenverein angehören und dank den Werbeabenden des Verkehrsbüros Wahlzillertaler sind – keine Bauernstube, keine selbstgemachte Bauerntruhe, auch keine auf Leinenpölster oder Leinentischtücher gestickten Alpenblumen oder Hirsche, also keine Materialien, deren Qualität noch geschützt ist, keine vorgedruckten Motive, die noch Fleiß und Genauigkeit voraussetzen und wegen ihrer Naturgetreuheit erträgliche Farbzusammenstellungen verlangen und auch einüben würden.

es findet sich auch kein Hinweis, daß sie in den zwanziger Jahren in Arbeiterjugendorganisationen vom Glauben der Funktionäre an die Bildungswilligkeit des Proletariats angeweht worden sind: kein populärwissenschaftliches Buch, keine Broschüre über die Arbeiterbewegung, kein Holzschnitt zupackender Ziegelarbeiter, kein billiger Rembrandtdruck.

die Heimatlosigkeit des Lehnerschen Kitsches, Ausdruck der Traditionslosigkeit, am auffallendsten in der Küche, wo auch die Relikte hausmeisterlicher Subkultur fehlen, als hätte der Aufstieg der Lehners das Andenken der Mutter getilgt –

so finden sich weder die fast heimlich verschönten Gebrauchsgegenstände wie Keramikgefäße mit dem Aufdruck ›Grieß‹ oder ›Zucker‹ noch die die verlorene kleinbürgerliche Sauberkeit und Ordnung einstmals spiegelnden Hakenbezeichnungen wie: ›Geschirrt.‹, ›Gläsert.‹, ›Tellert.‹, was im Badezimmer der Hygiene signalisierende Haken mit dem Etikett ›Gäste‹ schon deshalb nicht gutmachen kann, weil die in Schönbrunner Arabesken angelegten Blumenbeete nicht einmal das Campieren *eines* Gastes erlauben würden – aber plötzlich schämst du dich, daß deine Erwartung, hinter der Küchentür werde sich ja doch die Kreuzstich-Morgenstund, die Gold im Mund hat, finden (wozu Wandschoner, wenn Herr Lehner alle zwei Jahre tapeziert!), die einstmals tröstliche Willkommensheißung des ehemals trostlosen Zehnstundentages gesucht hat.

nicht ungerecht sein – dankbar, daß dir die Eltern, so sehr du die Verstörung für dich behalten wolltest, sofort angemerkt haben, daß dir etwas zugestoßen sei, hast du ihnen nicht nur gestanden, du habest dich, von den vorangegangenen Stunden im Lehnerschen Haus der überstrapazierte Anstand ausgehöhlt, unter dem Vorwand, im Garten sei es so gemütlich, in einen Streckfauteuil zurückgezogen und eine halbe Stunde schlafend gestellt, den Wandschmuck des trotz diversen Kunststoffverkleidungen wenigstens noch altmodisch knarrenden Stiegenhauses zu verdauen, sondern ihnen auch von dem Streckfauteuil erzählt:

Herr Lehner hatte an einem Strand der Costa Brava die

zweckmäßige Verstellbarkeit der dort entlehnbaren Streckfauteuils auf einen Blick erkannt, einen photographiert und diesem die seinen nachgebaut, welche Leistung du mit der geduldigen Hinnahme der übrigen Spanienerfahrungen gewürdigt habest, übrigens weniger phototechnische Erläuterungen als Hinweise auf die genau kalkulierten Farbwirkungen der einzelnen Bilder, unter denen die berühmten Motive in der Minderzahl sind, indem meistens gleich Herr oder Frau Lehner vor dem Stilleben mit Sonnenuntergang oder Booten sitzt, das Weinglas in der Hand, den Übergang zu der von Herrn Lehner angefertigten Obstsaftpresse beziehungsweise zu Frau Lehners kürzlich angesetzten Fruchtspirituosen herzustellen (auf jedem Fensterbrett Gurkengläser mit einer Schaumschicht auf der rotbraunen Flüssigkeit),

aber das war es ja nicht, auch nicht die für jeden und erst recht für den von Mitleid oder Sympathie bestochenen Gast verbindliche Konvention zur Unaufrichtigkeit, jedem Objekt, sobald ihm die Geschichte des Ankaufs oder der Entstehung in würdigem Ernst dargelegt worden ist, emphatische Worte, die sich nicht wiederholen dürfen und den Kern des Schreckens treffen müssen, abzugewinnen, wofür ihn arglos vergrößerter Stolz und die Führung zu weiteren Besitztümern belohnt und bestraft –

schon eher war es die peinliche Überlegenheit, in welche du von den Lehners gedrängt wirst, da dir die Fragen, die unvermeidliche Überheblichkeit heimlich weckt, soziale Skrupel machen: die Frage zum Beispiel, ob du, falls es bei den Lehners eine Schallplatte ›Musikalische Kostbarkeiten‹ gäbe, Mozart lange Zeit nicht mehr wie vorher hören könntest; oder die schlimmere, ob die beiden wie ihre Nachbarn nicht lieber doch nur Karten spielen sollten.

es war auch nicht die von der Entdeckung, daß ihr längst Herablassung anhaftet, geschwächte Bereitschaft zu freundlicher Aufmerksamkeit, auch nicht die Blamage, Herrn Lehners duftige Orchideen, nach dem Plakat einer Großgartenschau geschaffen, für den Donauwalzer des Staatsopernballetts vor dem Wiener Rathaus gehalten zu haben, nicht einmal die Anstrengung mit schaler Zustimmung unterdrückter Sprachlosigkeit oder die Gewißheit der immer näherrückenden Melancholie –

zu deren Abwehr im Garten mit Beispielen der Frage: ›Kunstgewerbe oder Kitsch?‹ nachzugehen versucht: inwiefern ist die Verbindung ›Scheibtruhe / Blumen‹ oder ›Wagenrad / Blumenstöcke‹ Kitsch? reicht für dieses Urteil die Begründung: ›Verstoß gegen den eigentlichen Zweck‹, ›Mißbrauch der Konstruktion‹ aus oder kann man, da die Zeit der Scheibtruhen und Pferdewagen vorbei ist, dem nicht mehr zweckmäßigen Gegenstand einen neuen Zweck verschaffen, müßte der Betrachter also die von den Blumen an Scheibtruhe und Wagenrad vorgenommene Erweiterung des Begriffs ›Vase‹ als Kunstgewerbe gelten lassen oder ginge das nur dann, wenn die Scheibtruhe, wenn das Wagenrad wenigstens einmal ihren ursprünglichen Zweck erfüllt hätten und nicht von Herrn Lehner, Schönheit zu bezwecken, hergestellt worden wären, beziehungsweise könnte man die Scheibtruhe mit den Fuchsien, das Wagenrad mit den an den Speichen befestigten Pelargonien erst dann bejahen, wenn die Griffe der Scheibtruhe und eine besondere Vorrichtung an dem Wagenrad die ursprüngliche Bestimmung insofern versöhnt hätten, als die Blumen mehrmals täglich dem für sie günstigsten Licht nachgefahren würden,

ja wären Scheibtruhe und Wagenrad, sofern sie nicht die Imitation dessen wären, was man in vielen Gärten sieht, sondern Lehnersche Originalität bewiesen, sogar als wahrgemachte Kunsttheorie zu begreifen, da sie in diesem Fall die Verwunderung ihres Schöpfers über die traumähnliche Wirkung des Zusammentreffens und Beieinanderbleibens zweier nicht zusammengehöriger Dinge frisch erhielten oder dem Betrachter programmatisch sagen wollten, daß das, was ein Künstler für Kunst erklärt hat, zumindest eine Verblüf-

fung lang zu Kunst wird, mitenthaltend während einer kurzen Trauer das Gedenken für all die vergessenen und für eine Kindheitserinnerung wieder lebendigen Geräte wie Waschrumpeln?
und würde sich daher beispielsweise eine ausrangierte Badewanne der Lehners, wenn diese, der Natur etwas nachzuhelfen, sie mit Erde füllten und vom Wind hineingetragene Samen aufgehen ließen, als poetische Bannung der Angst vor dem (dadurch zugleich bejahten) Aussterben der Menschheit rechtfertigen lassen, vielleicht sogar ein wie ein Rasen begraster und sorgfältig beschnittener Gartensessel dank dem Verstoß gegen die Logik als absurde Verdichtung und ironische Umsetzung der Gartenkultur heutiger Schrebergärtner, die ihre Wiese nicht mehr betreten, als sehnten sie sich nach den Verboten eines Hausherrn?
aber diese Fragen waren es nicht, auch nicht die Frage, ob die in Bauerngärten als Umfassung von Blumen verwendeten Autoreifen (ornamental aufgeschlitzt und mit Goldfarbe bemalt) aufgrund der durch die Kirchbesuche noch vorhandenen barocken Tradition und der noch ungebrochenen Naivität der bäuerlichen Bevölkerung wie von selbst zu Volkskunst geworden seien und wodurch sie wohl auch die Schrebergartenatmosphäre schadlos vertrügen:
ist der Unterschied zwischen ›Holzrad mit Blumen‹ und ›Autoreifen mit Blumen‹ der zwischen sentimentaler Sehnsucht nach Natur und natürlicher Primitivität, indem der eine von Pferdegetrappel träumt, während der andere, dankbar für den Traktor, alte Autoreifen tranchiert wie der Wilderer die Beute und dann zu Devotionalien macht?
vor dem Barschrank mit waschbaren Teaktapeten und extravaganten Beleuchtungseffekten, in dem violett gekachelten winzigen Badezimmer, so wenig dich die freundschaftliche Ungezwungenheit Frau Lehners jemals gestört hat, den abhandengekommenen Proletarierstolz beziehungsweise ihren Auf- oder Abstieg in das nicht zu bewältigende

Kleinbürgertum bedauert, als würde jener die Lehners davor bewahrt haben, einem einstmals verachteten Milieu, zum Beispiel dem Schönsten aus der Farbreportage über die Wohnung des konservativen Politikers X, eifrig nachzueifern, und vor einer ›surrealistischen‹ Seejungfrau die Vermutung, für Kitsch gelte vor allem seine Traditionslosigkeit als Beziehungslosigkeit zu seinen älteren Resultaten, sein Blutegeldasein an der ins öffentliche Bewußtsein gedrungenen zeitgenössischen Kunst und seine Unfähigkeit, die Entstehungszeit seiner Objekte anders als in Äußerlichkeiten mitzuteilen.

das in Anlehnung an Vorlagen der japanischen Fluggesellschaft angefertigte Mobile, das skandinavischem Besteck nachempfundene Besteck aus der ›Finnlandwoche‹ eines Großkaufhauses, die westdeutsche Negerplastik und afrikanisches Geflochtenes und Geschnitzes, vermutlich in Hongkong maschinell gefertigt, zur Aufbewahrung von Glastieren aus Murano –

was, fragst du dich, bringt das unverbildete Ehepaar Lehner, das Gartenblumen gern hat, dazu, mit erstaunlicher Sicherheit nach den für kitschige Wiedergaben anfälligen Vorlagen zu greifen, wie bekommt es Informationen über den neuesten Kitsch, wie erkennt es das den einzelnen Kitschprodukten Gemeinsame, welchen Formulierungen der Reiseprospekte entnimmt es die Verheißung von Landschaften, welche sich seinem Blick für das Schöne angepaßt haben, beziehungsweise was an der Kunst hindert die beiden, sich mit dieser auf ihren Reisen auch nur oberflächlich oder irrtümlich einzulassen – ist ihrer Ungebildetheit, die sie den Schauer ›berühmt!‹ nicht vermissen läßt, dafür zu danken, daß manch abweisendem Engel oder königlichem Lamm Gottes vor einer Detailreproduktion das Todesurteil ›herzig‹ erspart bleibt, oder vor allem der Kälte der Kunst? ist ihre Spezialisierung auf Kitsch der Beweis für ein elementares Bedürfnis nach Kitsch, aus dem man die Legitimität, vielleicht sogar humanitäre Bedeutung des Kitsches ableiten könnte?

vor den Lehnerschen Produkten, von den industriellen nur bei genauerer Betrachtung zu unterscheiden, an der freundlichen Annahme, daß der professionelle Kitsch sich nur scheinbar nach dem Geschmack der Konsumenten richte, in Wahrheit aber der Geist derer bleibe, die ihn aushecken und lancieren, ernste Zweifel.

... made in ...: ein Trost ohne Schadenfreude, daß wenigstens nicht die, welche vielleicht noch an das handgeschnitzte Vorbild und seine sakrale Bedeutung glauben und wie ihre Vorfahren auf ihre geflochtene Handarbeit noch stolz sind, die Imitation aus billigstem Material in Akkordarbeit zu einem Schandlohn gießen oder stanzen müssen, sondern daß das gut tausend Kilometer entfernt ohne jede Verletzung der Pietät geschieht; daß also der spätere Käufer zu dem Produkt eher mehr Beziehung hat als der an der Produktion Beteiligte.

die heimischen, europäischen und exotischen Objekte im Hause Lehner – ihre Vorliebe für Kitsch entspreche der des Bürgertums für abgestandene und etikettierte Kunst, vermutest du, und Kitsch, glaubst du zu entdecken, sei ebenso Ausdruck der Zeit wie die Kunst, nur daß deren Charakterisierung wie etwa: ›Transformation und Objektivierung der eins gewordenen Außen- und Innenwelt durch die Eigengesetzlichkeit des Materials, durch die eigensinnige Dynamik der ersten Skizzen und somit durch eher traumhafte als willentliche Befolgung der Unwiederholbarkeit der Perspektive und Methoden eines anderen‹ oder: ›in sich stimmige, von den Hervorbringungen jedes anderen Künstlers in mehrfacher Weise unterscheidbare Einheit von Konstruktion und Intuition, von Eindeutigkeit und Vieldeutigkeit, von subjektiv Erfahrenem und zugleich objektiv auf eine neue Art Wahrem‹ nun durch etwas wie: ›unfreiwillige Spiegelung der nicht bewältigten Mittel und Inhalte, brutale

Entlehnung, vorgetäuschte oder heruntergekommene Naivität‹ zu ersetzen wäre – oder gilt diese Definition für Kitsch eher für ein mißglücktes oder fragwürdiges Kunstwerk?
jedenfalls ist der Lehnersche Kitsch, selbstgefertigter wie angekaufter, die keineswegs der Entwicklung nachhinkende Bestätigung des Klischees vom neuen Kleinbürgertum und Ausdruck der Bodenlosigkeit heutiger Schrebergartenbesitzer, indem die neue kleinbürgerliche Enge (auch wenn nach wie vor zuhause alles am besten ist, bedarf es nun statt bodenständiger Motive und statt der week-end-Ausflug gewordenen Almrauschvision der von den Leitwörtern deutscher Schlagertexte empfohlenen oder von den Reiseprospekten als ›typisch‹ befundenen internationalen Symbole, wobei der ehemals unerreichbare Hirsch, Lichtstrahl in der feuchten Kellerwohnung, nun im noch unerschwinglichen Fernen Osten weidet) sich als grenzenlos erweist:
Sprachgrenzen und Kulturschranken, die mit einigen Brokken Schlagerromanisch zertrümmert werden, Landschaften, die die Kommentare während des Diapositivabends selbstzerstörerisch vorwegnehmen, und die neuen Vorurteile und Ressentiments, die sich auf eine einzige, aber persönliche Erfahrung berufen oder auf ein Mißverständnis, schlimmer als die farblos tradierten.
die made-in-Produkte, Herrn Lehners schwarzlackierter SchmiedeeisenKerzenleuchter aus Holz – mancher Gegenstand der Lehners definiert sich als Wiederholung längst erstarrter Formen, als vereinfachte Wiedergabe historisch überholter Themen, so daß seine ästhetische Minderwertigkeit auch soziologisch begründet ist: du hast vor dir herabgesunkenes Kulturgut einer Oberschicht oder einer fremden Kultur.
Herrn Lehners Kunstprodukte –
wie ist es möglich, fragst du dich, daß manuelle Begabung, handwerkliche Präzision und methodisch-technische Origi-

nalität mit Verständnislosigkeit für die dem jeweiligen Material eigenen Möglichkeiten ästhetischer Art einhergeht: demonstriert Herr Lehner, indem er einen Intarsienschrank aus Resopalplatten anfertigt, sich von den Reliefs (gleichsam Merkzeichen, daß die Kinder nach Hause finden) an den einförmigen Hochhäusern der neuen Siedlung zu Wandschmuck aus gefärbtem Plexiglas inspirieren läßt, daß Volkskunst vielleicht nur als von Geboten und Verboten formaler und inhaltlicher Art geregelte kollektive Leistung möglich sei, daß aber mit der Umgehung des Kanons, Ausdruck für die Befreiung von der Orthodoxie und für das neue Selbstbewußtsein, der Kitsch beginne, daher als humaner Fortschritt zu begrüßen sei, ja daß von der Volkskunst (steril allein schon dadurch, daß ihren Schablonen und Bildvorschriften nur minimale, meist nur einer Ungenauigkeit oder Widerspenstigkeit des Materials zu dankende individuelle Abweichungen widerfahren, weil nur regionale, also wieder reglementierte Abänderungen zugelassen sind) aus der Sicht des Verfertigers noch weniger zu halten ist, auch wenn in der Zeit der industriellen Massenproduktion Stickereifehler, zerronnene Farben und dergleichen als Handwerkskunst bejubelt werden?
fühlt Herr Lehner mehr als du, daß im Zeitalter maschineller Fabrikation das Handwerk Anachronismus und der Freude an der langwierigen Behandlung althergebrachter Materialien der Boden entzogen ist wie der ins Verkümmern gehetzten Seele die Fähigkeit zu Kontemplation und daß somit der handwerkliche Stolz, auf das Kunsthandwerk, auf die Liebhaberei verwiesen, Kitsch hervorbringen muß – sucht er sich aus dem Handwerk so zu retten, daß er Methoden industrieller Fertigung imitiert? was sonst könnte einen, der schnitzen kann und Zeit dazu hat, veranlassen, aus Holzfaserplatten Blumen zu stanzen, wieso sonst würde einer, der zu Recht auf sie stolz ist, seine Holzsessel mit Kunststoff überziehen, wie sonst wäre seine Vorliebe für

Materialien zu erklären, die sich in der Zeit der Schmiedeeisenaschenbecher angekündigt haben!
wenn das Proletariat, wie du unlängst gelesen hast, keine Kultur hat, dann doch wohl deshalb, weil die Massenproduktion, Massenkonfektion es seiner künstlerischen Domäne beraubt hat: zum Beispiel der Anfertigung von auch ästhetischen Ansprüchen genügenden Gebrauchsgegenständen, von Trachten. oder ist die Sammlung der Lehners der letzte Widerstand des Kleinbürgertum gewordenen Proletariats gegen das Bürgertum als das, was die etablierte Kunst konsumiert, und zugleich eine Erinnerung an die Dienstbotenzeit der Ahnen in den Häusern, in welchen es Eisbärfelle, exotische Muscheln und Wagneropern gab?
der mit nackten Schaumgummiblüten beklebte Polster Frau Lehners, der, wenn sie ihn noch mit einem ›Komm gut heim!‹ oder einem zeitsparenden Verkehrszeichen versähe, zu deinem Autopolster werden könnte – vor den glasigen, scheinbar scharfkantigen Blüten fallen dir ganz zu Unrecht, wie du gleich begreifst, die aus der Kitschmode gekommenen Obstschüsseln aus Keramik ein, welche, da sie bereits mit Keramikobst ausgestattet sind, wirkliches Obst aufzunehmen verweigern:
die Sachlichkeit als Bekenntnis zur Schönheit der einfachen Zweckgegenstände ist nicht nur dem autonomen, in sich funktionalen Kunstwerk feindlich, sondern auch der Differenzierung zwischen diesem und jenem Bedarf an Zweckgegenständen – warum nicht sollte ein die Wange zurückweisendes, ein ihrem In-den-Schlaf-gleiten feindliches oder ein für die meisten Wangen zu kostbares Material einen Polster zu einem Zierpolster einengen, welcher (ohne daß sein Verfertiger deshalb in der Devotionaliensymbolik denken müßte), ins Autoheckfenster gelegt, eine Milderung des Zusammenpralles erhoffen hilft?
Herrn Lehners gerahmte 30 × 40-Farbphotographie vom Königssee –

vermißt du das gemalte Alpenglühen oder Sonnenuntergangsmeer, weil du dem Kitsch aus der Einsicht der Kunst, daß Naturschönheit, sofern sie nicht mit zivilisatorischen Wunden versehen wird, nicht (mehr) wiederzugeben sei, ja daß die Technik der Photographie diesem Genre die letzte Rechtfertigung entzogen habe, nicht den Profit und Triumph gönnen willst, daß die Photographie allein durch die Wahl des Bildausschnittes und der Stunde von einem objektivtechnischen Verfahren zu seinem Medium werden kann, oder weil du nicht einsehen willst, daß die Natur, sich für die Emanzipation der Kunst zu rächen, dem Kitsch Vorschub leistet, indem sie seine Elemente zu enthalten demonstriert und manchmal rückwirkend, was Kunst war, zu Kitsch werden läßt?

professioneller Kitsch, läßt dich das Samtreh probieren, fingiert nicht vorhandene Gefühle, das heißt, er liefert dem Konsumenten genau kalkuliert die Reize, die erfahrungsgemäß das Echo ›herzig‹, ›romantisch‹, ›erhaben‹ etcetera auslösen, beziehungsweise er liefert ein bewährtes Klischee, das der Konsument als scheinbaren Ausdruck scheinbar eigener Gefühle übernehmen kann –

setzt die Wirkung: ›herzig!‹ des Samtrehs voraus, daß Frau Lehners Seele sowohl naiv als auch deformiert ist (wie sonst würde sie vorgetäuschte Gefühle nicht als diese erkennen beziehungsweise auf Falsches mit Rührung reagieren) oder sind von Minderwertigem ausgelöste Gefühle mehr wert als ihr Anlaß?

und könnte man den privaten Kitsch, wenn der professionelle kalt und verlogen ist, als schamlos bezeichnen, da er dokumentiert, daß sein Hervorbringer *die* Gefühle gesucht oder sich verschafft hat, denen der Künstler, sofern er ihrer überhaupt fähig wäre, voll Pietät oder Mißtrauen ausweicht?

kein Künstler hat jemals ein junges Reh am Waldrand oder einen röhrenden Hirsch gemalt, möchtest du dem Bambi aus zweiter Hand sagen, nur ein Mißverständnis könnte Dürers

Hasen, den Hasen schlechthin, in dem Haus der Lehners gefangen halten.

die Lehnersche Ästhetik – schön ist, wüßten sie dir vielleicht zu erklären, was zur Gemütlichkeit beiträgt; was bunt wie Blumen, aber nicht so alltäglich wie Blumen ist; was einem, kaum daß man es gesehen hat, so vertraut vorkommt, als wäre man mit ihm per du; was aus einem anderen Material angefertigt zu sein scheint (ein gestickter Aschenbecher, eine Vase aus Draht); was man nicht braucht, aber doch verwenden kann; was in Basaren und Großkaufhäusern als exotisch und lebensfroh angeboten wird und was man selber noch billiger herstellen kann; was die Welt so zeigt, wie sie wäre, wenn die Menschen mehr Gemüt hätten; was uns sagt, wie romantisch es ist, ein Förster zu sein oder in der Südsee ein Fischer; was an die Kindheit erinnert, welche man nicht gehabt hat, oder an die lauschige Nacht, welche gleich schön nur in Liedern ist, etcetera,

aber das war es nicht, nicht einmal die Entdeckung, daß unermüdliches Bedürfnis nach Schönem nichts an Geschmack voraussetzt, nicht zum bescheidensten Kunstverständnis führen muß, und daß Dilettantismus in der Kunst, sofern er nicht durch den Glauben woran auch immer diszipliniert oder entindividualisiert wird, kritiklose Freude am Selbstgemachten bleiben muß.

schlimmer als die Negerin aus Draht die Fleckerlteppichmentalität der Lehners als Spiegelung ihrer Einschätzung des Schönen –

da beide, was mit der Erinnerung an schlimme Zeiten zu tun haben mag beziehungsweise mit einem Unbehagen an ihrem bescheidenen Wohlstand, außerstande sind, Abfälle oder Reste von nützlichen Anfertigungen zu vernichten, diese aber auch nicht wie arme oder alte Leute auf dem Dachboden horten wollen, werden sie zu dem Schönen als dem Anwendungsgebiet von Abfällen und Resten gedrängt, und so wird ihnen das scheinbar zweckfreie Schöne ein Demonstrierfeld

der Sparsamkeit, Findigkeit, Geschicklichkeit und Tüchtigkeit, welche Tugenden sie sich in einer konsequent weitergetriebenen Kleinlichkeit bestätigen müssen: da jedes ihrer Kunstwerke vor allem den Anspruch erfüllen muß, möglichst alle Reste sich einverleibt zu haben beziehungsweise mit diesen ausgekommen zu sein, werden zum Beispiel, statt daß die Farbe nachgekauft wird, welche mit zwei vorhandenen korrespondieren würde, ihnen aber ausgegangen ist, alle Farbrückstände ohne Rücksicht auf ihre Verträglichkeit aufgebraucht, wächst das abstrakte Ornament aus Relikten von Holzfaserplatten und Tapeten zur Größe eines Wandgemäldes in einer Hotelhalle an, kommt auf die Tischplatte eine zweite Platte (ob als Schonbelag oder Feiertagsschmuck, nicht herauszufinden), wird ihre Kunst, vor allem die Wollkunst der Frau Lehner, durch die Maxime, keine Mühe dürfe sich als ein Fehlschlag erweisen, Mißglücktes sei besser als gar nichts, zu einer neuen Kunst, und außerdem die Kunst der Lehners, ich hätte es wissen müssen, als Geschenkartikel ein Tauschobjekt, eine Investition.
Kitsch, möchtest du auf dem Heimweg behaupten, um dich über die Lehnersche Sammlung hinwegzutrösten, sei vom akademischen Kunsthandwerk nicht weiter entfernt als dieses von der Kunst, denn wenn der Kunst als der Objektivierung von Subjektivem immer die Gefahr des Scheiterns innewohnt, käme Kitsch, als ›Objektivierung subjektiven Unvermögens‹ charakterisiert, der Kunst um einiges näher als die Erträglichkeit von durchschnittlichen Mitteln und überkommenen Inhalten in der akademischen Kunst.
am Kitsch deprimiert dich vor allem, weißt du erst, als du die nächste Einladung der Lehners ablehnen willst, aber zusagst, daß er, ob er dies nun bezweckt oder nicht, allein durch sein Vorhandensein Kunst zu sein vorgibt und dich somit ein jedes Mal zu der Antwort, er erfülle den Anspruch nicht, provoziert, ohne dir zu gestatten, das vor dem jeweiligen

Objekt getroffene Urteil so auszudrücken, daß es auch für andere Objekte der Gattung gelten würde: jedes einzelne der Merkmale, mit deren Hilfe du den jeweiligen Kitsch als Kitsch bestimmen möchtest, kann auch ein Merkmal der Kunst sein oder gewesen sein.

Alte Bilder

ein Bergdorf aus Stein, enge steile Gassen; die Hausmauern aus roh behauenen Felsbrocken und Felsplatten haben sich verschoben, auch die Schornsteine sind geknickt.

eine jüngere Ruinenstadt – die Häuser sind aus ihren Fundamenten geraten und haben sich, die einzelnen Stockwerke zu einer Stufenlandschaft verschoben, auf den Weg gemacht, nur Fabriksschlote und Böschungen sind unbeschädigt geblieben.

eine Krypta, in welcher das Wasser steht – oder ist das eine Tropfsteinhöhle, vielleicht sogar nur ein Straßentunnel? (von der Farbe des Grundwassers in einer anderen Grotte sind zwei Streifen Föhnhimmel über dem Hecken-, Steinmauern- und Heideland vor einer Felsküste, welcher sich mit ineinanderverkeilten Eisschollen die nächste Eiszeit nähert, die Säulen eines Tempels splittern wie Bäume im Sturm)

ein Hafen. seine Mauern werden von Werften, Bohrtürmen, Kränen und vor allem von Schiffen bedrängt, die hinter zerfetzten Segeln verborgene Kanonenrohre auf ihn richten, aber die Hebebrücken sind Zugbrücken und die Schiffe eine Burg, welche der Belagerung nicht mehr standhält: die Belagerer ziehen wie ein Lavastrom durchs Burgtor ein, die Weltumsegler schwenken weiße Fahnen.

eine Kreuzigungslandschaft, auf den ersten Blick von Prozessionen durchzogen; da aber nur wenige Fahnen das Lanzengestrüpp zerteilen, ist dies eine weitläufige Alexanderschlacht, das ganze Grabhügelland wird vom Kampf überschwemmt, reißende Bäche von Kriegern.

Pfahlbauten in einem ausgetrockneten See; manche Pfähle dünn wie Draht, andere am ehesten Krücken – ist diese Siedlung eine Hängebrücke?

eine Rindenhütte, die auch sich aufbäumende Pferde ist.

das Kloster von Lhasa mit Pferden, die stelzengehen.

Aquädukt oder gotisches Kirchenschiff oder bloß Wäscheleine mit gebläht trocknender Wäsche?
(all diese Bilder, die, geringfügig verändert, in mehreren Exponaten wiederkehren, sind Schnitte durch handtellergroße Brocken von Marmor, der in der Toskana gebrochen worden ist; nicht mehr und nicht weniger als das zuvor Beschriebene wissen diese Steinschnitte der Geschichte der Menschheit zu prophezeien, lang vor deren Entstehen)

Wil Frenkens Objekte

Landschaften, in sich versunken aufbewahrt in etwas wie Schmetterlingskasten, damit sie, von den Händen ihres Betrachters und zugleich Hervorbringers hin und hergewiegt, als Andachts- und Fernglasbilder seit der Kindheit verschollener oder vor Menschengedenken untergegangener Berge und Täler neu entstehen und sich als Vermischung vertrauter Hügelländer in ihren Glassärgen zu Traumbildern ihrer selbst verschieben,
Sandkastenspiel, bei welchem in Glaskammern festgehalten zu sein scheint der Geist verschiedenartiger Landschaften in ein paar Handvoll Sand, um sich als vielerlei maßstabgetreu verkleinerte Reliefwiedergaben seiner wahren Natur in erdgeschichtlichen Reminiszenzen, an die Entstehung der Faltengebirge zum Beispiel, mehr oder weniger frei zu entfalten:
ein Gehäuse aus Holz, je nach der gewünschten Bildtiefe ein, zwei Finger oder eine Handbreite stark, welches ein aus einer oder mehreren Schichten bestehendes, zur Dreidimensionalität befähigtes Bild rahmt, indem zwischen jeweils zwei (mehr oder weniger nahe zueinander) parallel fixierten Glasplatten gröberer oder feinerer Sand, auch feinster Kieselsteinschotter, gesammelt ist in einer Menge, welche, hält man das etwa zu horizontaler Betrachtung bestimmte Bild vertikal, nicht höher als zu seiner halben Höhe steigt.
neigt man dann aber das Ganze, kommt eine Landschaft, kommen Schicht nach Schicht mehrere Landschaften entstehend-vergehend ins Rollen, als wiche soeben das Meer von einem Strand, in mehreren Wellenzügen von einem nun erst entstehenden Kontinent zurück,
und je nach dem Neigungswinkel des einfachen oder mehrfachen Zwischenglasbildes, je nach der Sanftheit oder Heftigkeit, mit welcher du, es schwenkend oder es schüt-

telnd, seine Lage veränderst, bringt es sanfte oder wilde, deinem Temperament oder bloß deiner Stimmung getreue Landschaften hervor, welche auch manche deiner Lieblingslandschaften wahr machen oder dich neue entdecken lassen:
Heideland fließt in Schneehalden ein, aus glasklarem Wassereis steigen Hügel auf, wachsen zu Vulkankegeln an und senken sich in Mulden hinab, die auch Wellentäler und Gletscherzungen sind, dahinter baut sich ein Mittelgebirge auf, aber auch, hintereinander angeordnet in der Abenddämmerung, die Höhenzüge der Alpen, auf Augenblicke befindest du dich im Voralpenland, aber dann strömt alles, schnell wie Wasser und langsam wie Nebel, in eine Wiese, Rauch rinnt wie Sturzbäche durchs Gebirge und reißt die Felswände ein, die Moränen der Eiszeit jagen die Berge in die Tiefebenen hinab, um im Mündungsgebiet eines Steinernen Meeres zu rasten; ein Vulkan bricht aus, eine heftige Strömung treibt einen Bach in mehrere Flüsse auseinander, Erdbebenrisse verzweigen sich, die zu neuen Gebirgen zurechtgeschüttelten Meere rieseln stäubend aus Lavafällen nieder, aus der Asche entstehen neue Gletscher, ich erkenne zwischen meinen Händen das Tal, durch welches ich einmal gewandert bin, aber kaum daß der von dort aus bestiegene Berg auftaucht, hat ihn ein Hauch die Almen hinuntergetragen in Mondkrater, sogleich von den Getreidefeldern der Heimat zugedeckt, welch eine unerschöpfliche Vorratskammer für Luftbilder aus zehntausend Meter Höhe hältst du zwischen den Händen!
solch einen Glaskasten zu schütteln mag an die Erprobung eines primitiven Musikinstruments erinnern, entspricht aber dem Gebrauch eines Siebes: hin und her oder auf und ab geschüttelt, streben Sand und Kies, sich voneinander sondernd, an dieses und jenes Fenster, Fliehkraft und Schwerkraft und Reibung, welche dich zu einem Goldwäscher von vielen Landstrichen macht – solange du auf diese Art die einzelnen Mischlandschaften in ihre Bestandteile auseinan-

dertreibst, wollen die Glaswände, welche die ein-, zwei- und auch mehrschichtigen Bilder voneinander isolieren, deren Berge, Täler und Gewässer als unverträglich, gemeingefährlich oder infektionsgefährdet erklären, erinnert dann auch nur eine sogleich auf immer verwehte Au an die durch ein Panzerglas potentiellen Attentätern zulächelnde Gioconda.
läßt du die Berge in den Himmel wachsen und dann zusammenstürzen, so sind sie, niedergerissen und eingeebnet zu einem frisch geackerten Ackerland, gleich wieder aufzubauen – zu Erde geworden, zu Friedhofslehm oder Sintflutschlamm, wollen neue Gebirge aus der Ebbe fluten.
aber all diese Erderschaffungen sind auch unwiederholbare Traumwanderungen, denn was, von dir gehalten und bewegt, wie Milch und Honig auf immer zusammenfließen möchte, aber wie Schneewächten in andere Urlandschaften wandert und über sein Urbild hinwegfließt wie Samenkörner, die nirgends einen Halt finden, kommt dir nie wieder ganz gleich zurück, doch das Geräusch in der Brandung rollenden Schotters oder von einem Sturzbach mitgerissenen Gerölls, das aus dem Glashaus dringt oder wie Regen gegen sein Fenster schlägt, macht dich vergessen, wie vergeblich der Widerstand ist der Sandbilder gegen die ihnen zerrinnende Zeit und den ihnen zergehenden Raum und daß jedes einzelne Bild der Wunsch nach Dauer ist des Vergehens, welches, kühl wie eine Sanduhr, den vorangegangenen Bildern sogleich auch seine Gegenwärtigkeit hinzufügen wird als spurlose Vergangenheit – oder wäre dies Sandspiel eine Fuge der Zeitlosigkeit, indem jeder räumlichen und zeitlichen Veränderung eine Gegenstimme ausgleichender Erneuerung widerspräche, jedem Steigen ein Sinken, jedem Berg ein Tal?
vielleicht wird der Erfinder dieser Bilder eines Tages Landschaften komponieren, die, aus Erden aus allen Ländern der Erde froh zusammengeeilt, den Lauf der Welt versöhnen werden:

der Grund des Rheins wird die Ufer des Jordan berühren, der Mount Everest in eine Geest hinabsteigen, Staub von Tempeln, Moscheen und Klöstern wird, innig vermischt, sein Paradiesesland mit Erde aus Massengräbern taufen, und welch ein Meer, in welchem Mondstaub und Rosenasche zusammenströmen, in welchem Lilienstaub und Flugsand sich zusammentun oder Goldregensamen und die Asche von Landschaftsgedichten!

Donaubilder

Gelände eines Wiener Yacht-Clubs an der Donau zwischen Nußdorf und dem Kahlenberger Dörfl. es ist Dezember, daher sind die Motorboote längst aus dem Wasser geholt worden, offensichtlich aber auch (– die ausgebaggerte Bucht zwischen Donau und einem toten Seitenarm ist nun ganz kahl bis an den Rand –) die vielen Bootsanlegestege, die, aus Latten zusammengesetzt wie Liegepritschen, in entsprechenden Abständen an der Böschung festgemacht gewesen waren.
du betrittst die kleine Halbinsel mit den Lokalitäten des Clubs, und im Näherkommen gibt sich dir das, was du von weitem für eine illegale Deponie von scharfen Chemikalien leck gewordener Eisenfässer gehalten hast, als Winterlager der Bootsstege zu erkennen (und du siehst bald erklärt, warum sie während ihres Aufenthaltes im Wasser trocken bleiben bzw. auf welche Weise sie gleichsam schwebend über Wasser gehalten werden):
übereinandergeschichtet bis zu vier Stockwerken liegen sie nun in vielen Stapeln da, denn die quadrischen Türme aus Fässern, durch etwas wie Zwischenplafonds aus Holz vor dem Einsturz bewahrt, sind sie selber in überraschender Massigkeit, indem jeweils sechs Metallfässer zu je dreien wie Teilstücke eines Rohres den Längsseiten des eigentlichen, ihnen (wie zwei Lasttieren ein Balken) aufgelegten Stegbrettes entlang in solchen Abrückungen voneinander montiert sind, daß die zwei äußeren an dessen Enden reichen; festgehalten von Eisenbändern, nicht stärker als Lederriemen für Kurbelräder, sie sind ja leer, als schwimmend nach oben drängende und von der Schwere des Brettes niedergehaltene Tragkörper (nur mancher Steg ist so klein, daß er auf nur zwei Fässern ruht und für sich allein überwintert)
tritt man an solch einen Stapel heran, nämlich an eine seiner

Breitseiten, die ja in zwei, drei oder in vier Etagen die zwei Deck- oder Grundflächen der zwei mal drei Fässer in Frontalansicht zeigen, so steht man alsbald in einer Freilichtgalerie vor kreisförmig beschnittenen oder von Anbeginn als Rundgemälde konzipierten Landschaftsbildern (dem Charakter nach mehrheitlich Aquarelle, Graphiken und auch Stiche, der Oberflächenbeschaffenheit nach eher Ölgemälde), da jeder Tonnenkreisfläche (– man sieht es sofort und kann es doch nicht gleich glauben –) ein im Wasser entstandenes Bild eingeschrieben ist (durch die Stegbretter, die wie die Querleisten von Bilderrahmen eine Lattenbreite vorspringen und deren Stärke der üblichen Rahmung solcher Formate entspricht, werden die übereinander angeordneten je zwei Blechkreise bzw. Bildpaare von den anderen abgesetzt und mit diesen zugleich zu einer Serie verbunden, nur die untersten sitzen direkt dem Boden auf)

das allererste Mal Bootsstege mag es einem aber nicht sogleich gelingen, die dreidimensionalen und funktionalen Objekte auf die vorderste Bildfläche zurückzunehmen – neugierig tritt man von der Bildmitte zur Seite, um in eines der Geschosse des dämmrigen Guckkastens zu schauen, entdeckt die hinter den zwei ersten Bildern liegenden anderen Bilder, deren Kreisflächen durch die von den vordersten bzw. mittleren Tonnen behinderte Sicht zu fortschreitend dem Neumond näheren Sichelmonden geworden sind,

und da könnte einem so sein, als stünde man auf einer Schrotthalde vor überkommenen Mondvehikeln, vor geträumten Kanonenbooten, angesichts der zarten Landschaften, welche den ›Walzenrädern‹ dieser schwerfälligen Gefährte eingeschrieben sind, von der Traumvermutung angeweht, diese seien mit komplizierten Apparaturen ausgestattet worden, durch eine Traumkombination von Spiegelteleskopen, Sand- und Sonnenuhren, Kollektoren, Reflektoren und Bildröhren befähigt, von der Landschaft, durch die sie rollen,

Farbbilder zu empfangen, zu speichern und an ihren Radscheiben plastischer als auf einem Fernsehschirmbild sichtbar zu machen.
betrachtet man aber, ehe man sich dem Entzücken an Einzelheiten hingibt, beliebige zwei Kreisflächen eines StegbrettUnterbaues aus größerer Entfernung, damit sie noch mehr zusammengehörig zusammenrücken, so werden sie einem zu einer geträumten Bedeutung für ›Doppelblickfernrohr‹ dann, wenn ihre Landschaften zweierlei sind; bleiben sie aber einander ergänzende Zwillingsbilder, so vermeint man, je nach ihrer Plastizität, einen Blick durch ein Scherenfernrohr zu tun oder doch nur durch das Periskop eines Unterseebootes. und manche Form- und FarbDivergenz zwischen solchen Doppelbildern möchte man als kindliche Neuerung der Augenheilkunde erleben – welch kurzweilige Untersuchung, bei welcher der Patient seinen Blick über schöne Landschaften schweifen läßt, damit die zweierlei Bilder, die er von *einer* Landschaft empfängt, ihm die Anomalie des linken oder rechten Auges diagnostizieren helfen!
tritt man dann einem Stapel Bootsstege näher, so hat man Bullaugen eines Schiffes vor sich, deren Netzhaut wunderbare Ufer festhält, oder Flugzeugfenster, durch welche man in Wolkenebenen, Wasser- und Nebelberge hinaussieht, dank deren schwankender Helligkeit so schnell unterwegs, daß unter eines Blick Tages- und Jahreszeiten wechseln – welch eine Arche Noah, die mithilfe von Rohrpostschachten durch Berge und Meere in ihrem Maschinenraum auch je ein Paar der überschwemmten Erdgegenden vor dem Untergang bewahrt,
und warum sollte man nicht Glockentürmen nachempfundene Blockhausgehäuse vor sich haben wollen, in welchen empfindsame Musikinstrumente untergebracht sind – um Mitternacht wird ein Trommler die Metallzylinder erschüttern und die miterschütterten Landschaften werden singen,

die weißen Tiefebenen genauso wie die roten Wüsten, mit *einer* Stimme das Blau der Gebirge und das Blau der Meeresflut, dreistimmig Himmel, Horizont und Wasser!

die Verschiedenartigkeit der Tonnenlandschaften, auch die Unterschiedlichkeit ihrer Kunstqualität, ist in dem Maß Zufall, wie ihre Ähnlichkeit, manchmal beinahe eine Gleichheit, nicht Zufall ist –

die (wie die Bilder den Fässern) all diesen Bildern anhaftende Kunstnatur ist gleich (und ergibt ähnliche Formen) als natürliche, ja bescheidene naturgesetzliche Konsequenz aus dieser einen zweckentfremdeten Verwendung der nun nur Luft enthaltenden Behälter, und die Entstehung der Bilder so logisch, als läge ihnen bei allem der Natur gegönnten Spielraum ein striktes Kunstprinzip und ein mechanisch wie von Drehorgeln zu vollziehendes Programm zugrunde, daß sie zu deuten von der Eindeutigkeit sein müßte einer Expertise über die Echtheit eines diesem oder jenem Meister zugeschriebenen Gemäldes, miteinzubeziehen in die Bildlegende der Einfluß des klimatisch bedingten Wechsels zwischen Landleben und Sommeraufenthalt in der Donau auf ihre Beständigkeit und ihre Bedrohtheit,

ungleich aber (und tieferer oder höherer Zufall) alles das, was unberechenbar ist wie die Inspiration, welche selbst mathematisierte Kunst erst zu Kunst macht, mag auch vieles, in dem einen und anderen Bild manifest geworden wie ein überraschender Gedanke, im nachhinein genauso erklärbar sein wie die ›Technik‹ dieser Wasserkunst:

der einen Landschaft nützt, der anderen schadet die spezielle Vorgeschichte des Fasses, das sie oberflächlich festhält, indem zum Beispiel ein auf der Deckfläche erhalten gebliebener Firmenaufdruck oder der vom Wasser unangetastet gebliebene Rest einer aufgeklebten Zolldeklaration dem jeweiligen Bild den Zauber eines falschen Bildtitels gibt bzw. ihm, noch besser, in seinen Umrissen ein Gebäude, eine Maschine oder dergleichen hinzufügt oder, allzu grob oder

an ungünstiger Stelle placiert, seiner Zartheit und Ausgewogenheit etwas nimmt,
über manches Bild ist die Entscheidung kurz vor dem Beginn seiner Entstehung, bei der Montage des Fasses, gefallen, ob nämlich, als existierte (auch solche) Kunst erst in menschlicher Anteilnahme, dem potentiellen Betrachter der Boden des Fasses zugekehrt sein wird oder der Deckel mit Ausguß und Schraubverschluß, die dann recht Unterschiedliches bedeuten können,
manche Landschaft verdankt ihre Besonderheit der Tatsache, daß sich das Wasser der Donau vermutlich erst eine Saison an dem Blech versucht hat (ihre Jahreszeit ist dann Spätherbst oder Vorfrühling), manches andere Bild hingegen der jahrelangen Einwirkung des Wassers und der beginnenden Zersetzung (um so mehr Jahre im Wasser, desto tiefer sein Winter oder üppiger sein Sommer),
ja und einige Landschaften haben ihre Vollendung gefunden durch das, was die Donauwellen nur ihnen zugetragen oder nur an ihnen haften gemacht haben oder was ihnen zu Wasser oder zu Land an Beschädigungen zugefügt worden ist, kleine Kratzer und Schrunden etwa, die einmal zu fliegenden Vögeln, einmal zu verharrendem Wild geworden sind.
Gleiches und Ungleiches, nah und fern Verwandtes –
die ursprüngliche Verwendung der Zink- und Eisenfässer zur Aufbewahrung oder zum Transport von Lacken, Farben, Chemikalien, Petroleum, Benzin, aber auch für Wein, hat Anteil an der Wirkung der Donaubilder wie nur die schadhaften Mauern hinter manchen Fresken: da und dort ist der Anstrich aus dieser Periode erhalten und auch identifizierbar geblieben (sei es, daß sich einem prominente Firmen auch mithilfe der als Firmenmerkmal okkupierten Farben ins Gedächtnis rufen, sei es, daß bestimmte Farben übereinstimmend zu bestimmten Produkten assoziiert werden), auch dann noch erkennbar, wenn er vor dem Versenktwerden der Fässer ins Wasserbett mit Schutzlack oder anderen

Farben in wie vielen Schichten auch immer übermalt worden ist –
das stets sich verändernde Wasser verträgt keine Beständigkeit, es greift die Übermalung an, und was noch vor Monaten leuchtendes Rot, Grün oder Blau gewesen sein dürfte, atmet nun Angegriffenheit, hat sich da und dort wie Birkenrinde in Streifen abgelöst, daß die darunterliegende, oft kräftigere Farbschicht durchkommt, oder blättert, wenn wie an Schiffen teurere ›Wasserfarbe‹ benutzt worden ist, da und dort in voller Frische ab, da die trotz allem fortschreitende Korrosion des Eisenblechs die Übermalung springen macht, sprengt und, zerfetzt oder gebläht, ins Absterben mitnimmt, was aber, selbst wenn manche durchgerostete Stelle am besten als: ›von winzigen Ameisen bedeckte Luftblasen‹ zu beschreiben wäre, dank der Langsamkeit solcher Veränderungen ohne die Aggressivität von Krankheitsprozessen bleibt und auch nicht an Krankhaftes gemahnt dank seiner landschaftsbildenden und landschaftsverändernden Funktion: was durch einen sich dieses Verfahrens bedienenden Künstler zu einer ekelerregenden Imitation von gestocktem Blut, verkalkten Krankheitsherden, Brandwunden oder Schorf werden müßte, wird durch die Natur zu Karst, zu Geysiren oder zu Lava, zu in der Abendsonne flimmernden Hafenstädten,
aber da manche Fässer schlampig überstrichen worden sind, muß sich das Wasser oder der Rost manchmal nicht einmal sanfter Gewalt bedienen, um mehrfarbige Landschaften sichtbar zu machen,
und es sind ja auch, für den Wasserdienst tauglicher, nackte Zinkfässer mit der anheimelnden Oberflächenbeschaffenheit von Gießkannen ins Wasser getaucht worden, ihr zu kantigem Glanz gehämmertes Blaßblau und Graublau als Himmel von nördlichen Meeren und Schneelandschaften von keinem Maler erreichbar
(die ›innere‹ Zusammengehörigkeit der an einem Brett

festgemachten Bilder hat als äußere Ursache etwa die, daß die Tonnen *eines* Steges meistens gleich gestrichen, oft sogar einer Provenienz sind und auch der vielerlei Erscheinungsformen durchlaufende Rost wegen ihrer Gleichaltrigkeit an Wasserjahren gleichen Stadiums ist; ist aber einmal eine einzelne durch eine viel jüngere ersetzt worden, so rührt einen aus ihr das Jugendbild der bejahrten Schwestern an)

was aber für den ›Stil‹ der Donaubilder und den Eindruck, sie nähmen es mit Malerbildern auf, am entscheidendsten ist, wenn nicht überhaupt erst den Eindruck ›Landschaftsbild‹ bewirkt, ist augenscheinlich der Tatsache zuzuschreiben, daß diese Tonnen während ihrer Sommertätigkeit nicht gänzlich unter Wasser sind, sondern als kräftige und leichte Tragpölster etwa zur Hälfte ober Wasser bleiben –

die scharfe Grenzziehung durch den Kreisdurchmesser (zugleich der einen Ausschnitt Welt erzeugende Horizont) zwischen Wasser- und Lufthoheit der bildermalenden Natur wird durch die leicht bewegt in ihre Bucht zuströmende Donau und ein ständiges Auf und Ab kleiner Wellen zu sanften Übergängen gemildert, ohne daß dadurch der einfachen und edlen Proportion der Bilder 1 : 1 etwas genommen wird: das nun etwas kleinere obere Kreissegment ist dem Himmel vorbehalten, das den Halbkreis ein wenig Überschreitende ist das der eigentlichen Landschaft, und sei diese bloß See oder Meer –

sie wird hervorgebracht von all dem, was sich dort vom Wasser anwehen lassen und beheimatet hat wie Sande verschiedener Körnigkeit, wie grauer und weißer Schlier, zart gesprungen, verkrustet oder in mehreren Schichten mit dem Sand vermengt bis zu hoher Plastizität oder sogar zu einem Relief geworden (diese Unterschiede an Bilddichte könnten auch in der Glätte bzw. Zerrissenheit des dahinterliegenden Anstrichs oder Blechs eine Erklärung finden, während manche Erdbewegungen, Faltengebirge, Wanderdünen und auch wellige Hügel oder Gewässer nicht nur von

der Einwirkung des Wassers herrühren dürften, sondern auch von der Plötzlichkeit, mit welcher ihr Steg aus dem Wasser gehoben worden ist, sofern nicht überhaupt manche Beschaffenheit dieser Sand- und Schlierformationen zurückzuführen ist auf den Sümpfe austrocknenden, kristalline Gebirge erzeugenden kalten Landaufenthalt),
aber auch Wurzelgeflechte vertrockneter Wasserpflanzen haben das ihre zum Wunder von Mooren und Wüsten und Schollengebirgen beigetragen, indem sie als ihre Bilder schützende Netze einen Erdrutsch verhindern und als ein Sieb feine Sandkörner durchlassen, gröbere, die wieder weggeschwemmt würden, auffangen und überwachsen wie Efeu nackte Erde, aber das ist noch nicht alles:
dort, wo mehrere Monate des Jahres durch das Schwanken der Stege Luft und Wasser einander innig berühren und vermischen, längs des Durchmessers der Kreisbilder also, hat sich ein ein, zwei Finger breiter Streifen aus Moosen und Algen gebildet, kunstvolle Verschleierung und zugleich Hervorhebung der Zweiteilung solcher Bilder, indem diese Grasnarbe, ob sich nun auch an ihr Sand abgelagert hat oder nur Wasserkalk einen Halt fand, vielen Landstrichen ein weiter Horizont ist, manchmal aber auch ein Streifen Wald, als eine Hügelkette oder als jenseitiges Ufer die eigentliche Landschaft abschirmt gegen einen übermächtigen Himmel, und wenn diese Linie einmal fehlt, bleibt doch ungetrübt die symmetrische Ausgewogenheit der von der Kreisform gebundenen Flächenaufteilung, rasch wie nur ein Manierist wäre ihr Maler, gäbe es ihn, an seiner raffinierten Einfachheit zu erkennen,
und dort, wo Kontemplation und Kargheit der Natur als einfallslos empfunden werden könnte, sorgt ein Schraubverschluß für eine kleine Beunruhigung der ohne Menschen allzu ruhigen Ruhe, je nach den Valeurs des Bildes als auf- oder untergehende Sonne, als hoch- oder tiefstehender Mond, dringen Sonnenstrahlen (von einem kleinen Fleck

hinuntergeronnene Teilchen Rost) durch einen verhangenen Himmel oder macht das, was an Zahlen oder Buchstaben dem Metall eingeprägt worden war, solch eine Ebene zu einem japanischen Holzschnitt.
von der Möwe abgesehen, die gewiß nicht ein Fingernagel in der Absicht, eine Möwe über Wasser fliegen zu lassen, einem Himmel eingeritzt hat, ganz reiner Zufall ist der Knick ihrer Flügel in diesem Kratzer, sind am verwunderlichsten (und poetisch, wie dergleichen in der wirklichen Kunst nicht sein könnte, sondern bloß Kunstgewerbe wäre als mit unkünstlerischen Naturmitteln versuchte Verwandlung von Natur in Kunst) drei Palmen in einer Wüste, Oase oder Fata Morgana?, und zwei Trauerweiden an einem vereisten Fluß: genau in der Gestalt von Palmen und Weiden sind feinste Verästelungen von Wasserpflanzen an der Stelle hängengeblieben, welche ein Maler als die einzig richtige gewählt hätte.
Bildröhre und Fernrohr Tonne, die Fernglasbilder weit entfernter Landschaften aus dem Wasser holt, als schaute man gegen schwaches Licht durch ein Diaskop –
Flugaufnahmen von Alaska, Blick durch ein Fenster der Transsibirischen Eisenbahn in die Tundra, Sand- und Steinwüsten, brennender Dornbusch
Lagune, in der es Winter wird, Damm, der mehrere Teiche verbindet, hügeliger Wintertag, heller Neujahrsmorgen, Grönlandeis und Gletschereis, wie Eisberge verkeilte Inseln, weiche Schneemugel, eingeschneites Gebirgsdorf (die reinsten Winter dem Zink vorbehalten, dem Zusammenwirken seines Blaugrau mit weißem Schlier, aber es finden sich auch strenge Winter auf ausgebleichten, einstmals hell gestrichenen Eisenfässern: der Schneefall winzige Absplitterungen der Farbe oder des Lacks, aber Schneewächten noch seltener als Dünen unregelmäßiger Sandbeflug oder vom Wasser verschobener Lehm, häufiger rissiger, bald wirklich aus der Bildebene wegschneiender Anstrich)

Las Vegas im Abendrot, Polarlicht, Sonnenaufgang hinter einem Inselbogen, Insel während eines Vulkanausbruchs, Aufstieg auf den Ätna,
Savanne, Hochmoor, Iberisches Tafelland mit rostroter Erde,
Steilküste, aber auch ein Südtiroler Bergmassiv im Spätwinter, von dem man hinaussieht in ein sich weitendes Baumblüte-Tal,
und genauso viele Wasserlandschaften –
in all diesen Bildern auch die Verwunderung enthalten, wie nur die Donau nie gesehene Länder neu erschaffen kann, wer es ihr eingegeben hat, auf Blech die holländische Malerei zu paraphrasieren, die über welligen Ebenen aus Wasser oder Land sich weitenden Landschaften ihrer Himmel, auf welche Art sie die verschiedensten Regionen dazu bewegt, mithilfe von Wasser und Sand ihre Seele wie auf einem Schweißtuch auf kaltem Blech abzudrücken, oder die Frage, was mehr zu verwundern ist: daß versengtes Gestrüpp, Hitze strahlende und Dürre leidende Regionen unter Wasser entstehen oder daß ein toter Seitenarm der Donau Meeresbrandungen hervorbringt, Salzseen aus seinem Süßwasser hervorgehen, daß in Wasser vielerlei Gewässer Gestalt annehmen
holländische Küste, der sich ein Geisterschiff nähert
eine Monetsche Küste in drei Variationen
ein Meer, in das es schneit
ein See, der unter einem frühen oder späten Himmel die Impressionisten beschämt,
aber warum weniger wunderbar eine Mondlandschaft und ein Hochgebirge mit Eis und Schnee, gemacht vom Wasser aus Schlamm und Lehm, und seinem Himmel wieder von Wasser dünne Gebirgsluft eingehaucht!
(daher am meisten und am wenigsten zu verwundern die getreuen Wiedergaben der Gegend, in welcher diese Bilder entstehen und stehen: mehrmals wird festgehalten die Donau zwischen Kahlenberg und Bisamberg, einmal das Kahlen-

berger Dörfl mit den Weinbergen dahinter, was sonst hängt daneben als ein ›Blick auf Wien vom Kahlenberg‹, und auf dem Bild darunter ist das Inundationsgebiet zu erkennen, das es seit einigen Jahren nicht mehr gibt, das Rostigrote zwischen Augestrüpp könnte ein Fasan sein, und unter einem anderen Stegbrett ist hinter der mitten durchs Bild strömenden Donau die Neue Donau, erst ein Rinnsal, verborgen)

an manchen dieser mit Natur überwachsenen, bald wieder, um der Zivilisation zu dienen, in die Natur hinabgeschickten Zivilisationsprodukte wird aber auch die Welt des heutigen Menschen sichtbar –

Schottergruben, Ruinen, in Schutt und Asche gelegte Städte

ein sinkender Tanker, nein: ein Flugzeug, das in den Wellen versinkt, ein Wrack, das auf dem Meer treibt (solche Objekte, auch das explodierende Schiff, oder ist es ein Panzer?, bestehen aus scharfkantigen Figuren aus Rost, der nur an diesen Stellen den Belag durchgefressen hat)

ein verschlammendes Meer, dem zum Gedenken das Wort SHELL dem, was einst Strand war, eingestanzt ist,

aber auch die Meereswogen auf dem nächsten Bild gehören nicht mehr sich selber, wie einem Rindernacken, wie der Marke an einem Möwenfuß ist ihnen 180–CO eingebrannt oder eingeschnitten worden

ein Gletscher unter reinem Himmel, aber der Deckel der aus dessen zartem Blau ragenden Kloake wird sich sogleich öffnen

grobkörnige Vergrößerungen von Photographien eines Militärberichterstatters aus dem Ersten Weltkrieg: Granatfeuer, Flammen und Rauch, von brennenden Büschen getarnt rückt die Artillerie näher, durch die Bildmitte läuft ein Schützengraben

ein Atompilz, der aber auch eine Gruppe Schirmföhren sein könnte

Längsschnitt durch eine Friedhofsebene: oben Gras und

Gebüsch, dann eine Schicht Humus, darunter toter Lehm, und unter Felsbrocken nach einer Lage Schotter eine winzige Sichel Grundwasser
ein Himmel von Magritte, an welchem, als wäre dies der Abendmorgen vor dem Jüngsten Tag, die Worte

VIN
Cabernet
Côte d'Or

erscheinen, Wein, der nicht zu Wasser geworden ist und den nicht dieses Wasser gekühlt hat, oder könnte er donauabwärts geschwommen sein?
die Tonnen dann aber auch von der Nachwirkung der in Galerien aufgesuchten Kunst –
durch Auto- und Eisenbahnfenster sind noch Tage später ihre Bilder in der Natur wiederzuentdecken, vor allem dort, wo ansteigende Wiesen und Hügel an den Himmel stoßen oder ein Bach eine Wiese teilt, durch Tage bleibt die Natur, die doch nur die Wahrhaftigkeit der Donaubilder bestätigt, ein wenig anders als sonst

Schnee

als ob die Steinbrüche, Kalk- und Zementwerke und dergleichen stellvertretend für all die Wunden, welche die Zivilisation der Natur geschlagen hat, an Winterlandschaften oder wenigstens am ersten Schnee nicht länger vorübergehen wollten, um als Gespenster ihrer selbst die versehrte Natur in der unversehrten zu rächen –
vielleicht weil man heutzutage öfter durch Landschaften fährt, deren Bäume und Büsche von Straßen- und Industriestaub verschneit sind statt richtig verschneit, und man sich daher vor Hängen, in welche ein Steinbruch gerissen worden ist, oder vor Wiesenstücken, welche, in der Nähe von Schotter-, Kalk- oder Betonwerken von künstlichem Weiß eingeschläfert, scheinbar unberührt daliegen, an eine mit Schnee zugeschneite Landschaft zu erinnern sucht und an Menschen, die sich den Schnee wie Ziegelstaub von den Kleidern schütteln, sind einem im Frühwinter die ersten verschneiten Obst- und Alleebäume ein Teil der auf immer entlaubten Industrielandschaft, bedeckt die Wiesen weiße Asche, welche wie Schnee vom Himmel gefallen ist, strömt am Waldrand aus einer defekten Leitung weißes Gas aus, wird einem das Glitzern der Schneekristalle, so verdächtig natürlich nimmt es sich durch die Autoscheibe aus, zu einem Indiz dafür, daß der gefährliche Dampf oder Rauch, schwerer als Luft, sich gesetzt und schon auskristallisiert hat, ist nach dem Rückgang eines Hochwassers der von einer Papierfabrik oder einem Chemiewerk in den Fluß gelassene Giftschlamm samt all den schaumig gegorenen Zelluloserückständen in den Uferweiden haften geblieben, schwimmt auf dem See, der doch nur in der Kälte anzieht, ein öliger Film – welche Betroffenheit daher, als du, aus dem Auto gestiegen, dich weißen Rauch aus den Lungen pressen siehst und bald das Jucken der Verätzung an Kinn und Wangen

spürst, welcher die flüchtenden Einheimischen, als auch noch Wind aufkommt, mithilfe aufgestellter Mantelkragen und vor den Mund genommener Schals zu entkommen suchen.
aber da ja doch nur Schnee unter den Füßen knirscht wie Schnee, stellt sich dir nach den ersten Schritten die Natur halbwegs wieder her, nur ihre Schönheit bleibt dir noch verloren:
die Eiszapfen sind nun Bartflechten, der Rauhreif Pilzbefall, alle Sträucher und Bäume leiden unter einer mysteriösen Krätze, beschönigend Zucker- oder auch Mehltau genannt, und die großen Flocken sind, solange der Wind in den Bäumen rauscht und aus den Föhrenzapfen gebeutelte Samen flirrend niedergehen, die Kokons eben ausgeschlüpfter, bisher unbekannter Schädlingsinsekten.
es wird Abend, du gehst durch ein Tiroler Dorf, wunderst dich über den dunklen Rauch, der hinter den Häusern vorüberzieht, und suchst seinen Schlot – es ist nicht Rauch, entdeckst du erleichtert, auch nicht Nebel, der schonungsvoll eine Fabriksanlage verhüllt, es ist der Waldgürtel einer Bergkette, und als du dann rötliches Licht aus einem Bauernhaus dir ein Zeichen geben siehst, ist wieder idyllisches Winterdorf.
als sich jedoch am nächsten Morgen das heimelig erleuchtete Fenster als Hinterwand einer Garage herausstellt, an der ein leuchtfarbenrotes Plakat klebt einer neuen Diskothek, gedenkst du, durch ein Gangfenster des Hotels auf eine der Buckelpisten schauend, die erst von der heutigen Schitechnik erschaffen worden sind und die von Schlepp- und Sesselliften, Herz- und Lungenmaschinen der ansonsten längst ausgestorbenen Natur, künstlich belebt werden, mit Mitgefühl der Industrielandschaft, welche die prominenten Abfahrtsstrecken im Sommer sind mit ihren kahl rasierten Hängen, versengten Narben längs der amputierten Waldstreifen und ihren zur Eindämmung von Lawinen angelegten

Stützverbänden rund um die einem flüssigen Verkehr zuliebe zurechtgesprengten Felsstöcke, mögen auch die Schutthalden nicht von einem aufgelassenen Bergwerk herrühren, sondern aus der Eiszeit – da in der Fensternische in einer Holzwiege aus dem Jahr 1870 einige Blumenstöcke blühen, wiegst du in ihr die Natur, die den Menschen ja und nein überleben wird, in einen Winterschlaf (und eine Stunde später hörst du im Wald, in dem dir zurückgewonnenen Winterwald, wieder die Bergfinken singen, auch wenn, was du hörst, nur das Zwitschern von Spikes ist oder das Quietschen der Gondelbahn, die über dich hinwegfliegt und um dich den Schatten eines riesigen Vogels wirft)

Nature morte

vor einem der Bauernhäuser, an welchen die Höhenpromenade vorbeiführt, ein Bildmotiv, dessen Menschenferne und künstlich anmutende Stille vielleicht erst ein Maler unserer Zeit einer Wiedergabe wert befinden würde:
ein zu einer Hälfte ganz gebliebener, zur anderen in Trommeln zerteilter Buchenstamm (unterhalb der Schnittflächen feiner Sägestaub), dann zwei Berge Holzscheiter mit einem halbgefüllten Holzkorb aus geflochtenen Hobelspänen und etwas näher zu der Scheunenwand dahinter, an der bis zur halben Höhe halbierte und geviertelte Scheiter, kurz geschnittenes Astholz und Spreißelholz auf unterschiedliche Weise geschlichtet worden sind, zwei kleine Haufen Scheiterholz links und rechts eines Hackstocks.
die hier ausgelebten Tätigkeiten wie: sägen, zertrümmern, hacken und spalten scheinen in einem ewigen Frieden von ihrer in Zuständlichkeit übergeführten Aggressivität zu pausieren, eins geworden mit der auf Zeit zu Ende gegangenen Leideform des (schon zerhackten) Holzes, als wäre diese Wiese das Gras, das über die Schlachtfelder gewachsen ist zu deren Genesungsschlaf,
Simultanbild der in ihren einzelnen Schritten festgehaltenen Holzarbeit und auch Scheinidylle des Bauernalltags als Rast von ihm, aber dies nur so lange, als die Bildmitte bloß der Hackstock ist, zu zwei von dessen Seiten einige Scheiter so in der Wiese liegen, wie sie, entzweigespalten auseinandergesprungen, übereinander zu liegen gekommen sind: in ihnen bleibt deutlich genug sichtbar, daß hier bloß unterbrochen worden ist, was bald wieder aufgenommen werden wird mit der Rückkehr dessen, der, Zersägtes hackend und Gehacktes spaltend, dies auf verschieden weit fortgeschrittener Zerstörung beruhende Bild stören und, alles an die Scheunenwand

schlichtend, mit der Fertigstellung des Hintergrundes großteils vernichtet haben wird

aber damit soll es nicht genug sein: das eigentliche Zentrum wird, als du nähertrittst, eine offenbar mit einer kraftvollen Bewegung in den Hackstock geschlagene Hacke –

das Bild will, um nicht an eine Hinrichtungsstätte und einen Schlachthof bei Nacht zu gemahnen, sich in ein Lesebuch retten, Illustration werden einer Beschreibung »Holzverarbeitung einst und jetzt«, aber das mißlingt: seine auf logisch-zweckmäßiger Teilung der Arbeit in Arbeitsgänge beruhende Schönheit nimmt sich plötzlich als für die Feriengäste des Dorfes arrangiert aus, scheint die unsentimentale Herbheit des Bauernlebens als das Wahre zu zelebrieren und in Gefolgschaftstreue gegenüber dem von Heimatwerken propagierten Geschmack der Kunst zu exemplifizieren, wo die wahren Werte und der Schönheitssinn überlebt hätten, und da ist alles aus, auch die Schönheit nackten Holzes eins mit klobiger Brutalität –

wir haben noch einen Hackstock wie in der Stube ein Spinnrad, hier gibt es keine Zentralheizung, hier wird karg gelebt und das Bodenständige hochgehalten, denn mia san die Salzburger Holzhackerbuam, und unsere Unverdorbenheit hat ihren Preis!

manches, was wie die Kirche von Wotruba aus kyklopischen Betonblöcken zusammengesetzt ist, mag aus großer Entfernung eine Reminiszenz an Stonehenge und dergleichen sein, aber im Näherkommen wird das, was eine feste Burg sein soll und eine Kultstätte eines Geistes mit der Landschaft, zu kreuz und quer von einem stumpfen Riesenkind geschichteten Bausteinen, gleich fällt alles um – Eindruck, mit dem es seine Richtigkeit hat eingedenk des Felsen, auf den ER seine Kirche gebaut hat.
von außen sind sie meistens der Rohbau eines Kinos, ein zu einem Kühlhaus umgebauter FLAK-Turm, der Überbau eines Strahlenschutzbunkers oder Munitionsdepots (ist auch dem Übel in Worten nicht beizukommen, da, kaum daß von Gläubigen und ihren Zusammenkünften mit Gott die Rede ist, selbst Begriffe wie ›Müllverbrennungsanlage‹, ›Umspannwerk‹ oder ›Bedürfnisanstalt‹ sich symbolische Bedeutung geben, so mißlingt, wenn man in solche Gotteshäuser tritt, die Transfiguration der kalten Häßlichkeit, es sei denn, diese ist so weit getrieben worden, daß man in einer Gaskammer der Verwandtschaft des Hausherrn gedenkt) – inmitten dieser leerstehenden Fabrikshallen und geräumten Magazine, die am ehesten ja doch Krematorien sind, sieht man sich schutzsuchend nach etwas um, das nicht kahle Wände von Unterführungen, nicht Feuermauern, nicht Brückenpfeiler, nicht trostlose Notbeleuchtung ist – da bestenfalls der aus hellen Brettern bestehende Plafond einer Sauna zu entdecken ist, bleibt die Trübseligkeit von Bahnhofswartesälen und Tiefgaragen in einem Turnsaal ohne Turngeräte bestehen, die vor allem Abwehr ist gegenüber der Roheit, mit welcher Stein und Holz behandelt worden sind: Granitblock- oder GrabsteinquaderAltar, scharfkantige Heilige, als wären sie nicht aus Holz, sondern aus Stein,

jedem Holzleuchter die natürliche Rundung mit keilförmigem Zuschliff genommen, auch die Orgelpfeifen mit ihren Knicken und Kanten aus dem Geist gemacht, der selbst in Lehrbüchern der Mathematik längst freundlicheren Geistern Platz gemacht hat, und da begreifst du endlich die strenge Botschaft: glaub ja nicht, daß es in der Kirche Christi Weiches gibt, hier gibt es keine Milde und kein Erbarmen, bei uns ist alles funktional!
(werden für solche Kirchen auch Hostien ohne sentimentale Rundung viereckig gestanzt und vierseitig messerscharf geschärft? und wie merkwürdig, daß in solchen Räumen *der* als Schöpfer gefeiert wird, der etwas wie Pfauenaugen erschaffen hat und dessen Geist durch Wolkenhimmel weht!)

Der Onkel aus Amerika

eines unserer liebsten Spiele, behauptet meine Cousine Ingrid dreißig Jahre nach unserer Kindheit, sei bei Schlechtwetter ›Der Onkel aus Amerika hat uns was mitgebracht‹ gewesen, wir seien dabei um den großen Eßtisch des ebenerdig gelegenen Burschenzimmers gesessen, wie nach 1945 auch bei den Erwachsenen der ›Gefolgschaftsraum‹ des Fleischhaueronkels wieder hieß, ein Kind nach dem anderen habe eine Partie lang unter seinem Sessel die Geschenke verwaltet, und so sei nach dem Satz: ›der Onkel aus Amerika hat uns was mitgebracht‹ unter lautem Geschrei zum Beispiel das ›Herz eines Löwen‹ unter der Tischplatte herumgereicht worden, kannst du dich denn nicht daran erinnern?

ich wollte mich gerne erinnern, dabeigewesen zu sein, denn dann wüßte ich auch, wann mir zum ersten Mal die Fragen gekommen sind, bei denen ich geblieben bin, und vor allem, von welchen kindlichen Erfahrungen auf den Ursprung der Kunst und Poesie zu schließen wäre

der ›Onkel aus Amerika‹ wäre den anderen Kindern genauso wie mir, nehme ich an, weniger als eine hypothetische Voraussetzung des eigentlichen Spieles erschienen, in gespensterhafter Gegenwart des irrealen ›Wenn‹ entledigt, damit das ›Dann‹ der Geschenke denkbar wird (›wenn wir in Amerika einen Onkel hätten, würde er uns . . . mitbringen‹), als vielmehr für uns alle eine den bevorstehenden Zauber beschwörende und ordnende Formel gewesen, fast so wunderbar unverständlich (und daher mit einem ein Geheimnis bleibenden Geheimnis ausgestattet) wie das jeden Sonntag wiederkehrende ›Mysterium fidei‹ oder ›Agnus Dei‹ –

denn zweifellos war dieses Spiel ein Ritual, das auf andere Riten verweist, aber kein Zerrbild der (noch nicht) Geschichte gewordenen jüngeren oder jüngsten Lokalgeschichte: keines von uns hatte einen Onkel oder Großonkel, der nach

Amerika ausgewandert war (in der Welt sein Glück zu machen, suchte man bei Amstettner Kindern nur in Märchenbüchern), und daß wir trotzdem plötzlich einen bzw. ›den‹ Onkel aus Amerika hatten, durch den bestimmten Artikel so bestimmt und unbestimmt wie der liebe Gott, dürfte das unvorstellbare ›Herz eines Löwen‹ möglich gemacht haben, was kein Hinweis eines Erwachsenen auf das unverständliche ›Land der unbegrenzten Möglichkeiten‹ bewirken können hätte; die zu unserer Onkelzeit üblichen Care-Pakete haben das Spiel gewiß nicht mit Aktualität bedroht und sind auch nicht zu Verspottungsobjekten der Mildtätigkeit der ›Siegermächte‹ ritualisiert worden, von der die Besiegten unversöhnt unversöhnlich lange Zeit abhängig blieben, denn bei uns auf dem Land gab es keinen Hunger, und niemals wäre während unserer ersten Onkelspiele, etwa 1944, der Onkel als Blutsverwandter ein Amerikaner und als Amerikaner feindlicher Soldat gewesen, der statt Ostereiern Bomben schickt – selbst die Zuckerl und Schokoladen, die in der frühen Besatzungszeit bisweilen von durchfahrenden Militärfahrzeugen aus uns Kindern zugeworfen wurden, kamen von ›Amis‹, die für uns nichts mit Amerika zu tun hatten, eher mit einem uns befreundeten Kaugummiland, ja ich bin sicher, daß mir nicht einmal die in den letzten Kriegstagen (wie es damals in bösen Gerüchten hieß) aus amerikanischen Bombenflugzeugen geschüttelten Füllfedern, die, wenn man sie aufschraubte, explodieren sollten, die Übernahme eines der Geschenke des ›Onkels aus Amerika‹ erschweren können hätten: kein Kind treibt den Spielschrecken so weit, daß es ein anderes Kind mit Schulartikeln beschenkt werden läßt!
und die Merkwürdigkeit, daß der Onkel seinen Nichten und Neffen ausgerechnet das Herz eines Löwen aus Amerika mitbringt?
sie ist wohl in der Begeisterung über die Fügung ›das Herz eines Löwen‹ vom kindlichen Realismus unwidersprochen

hingenommen worden – selbst wenn wir, ohne uns von den einmal ja doch als Amerikaner identifizierten schwarzen ›Amis‹ in die Irre führen zu lassen, gewußt haben sollten, daß Löwen nur in Afrika zu Hause und zu jagen sind, wäre uns die Erweiterung der Onkel-Formel zu einem: ›hat uns was mitgebracht aus Afrika‹ ein pedantischer Stilbruch gewesen in einem Spiel, das auf respektvoller Großzügigkeit gegenüber der Fiktion beruht: ›Amerika‹ wäre genauso wie ›Afrika‹ die Abbreviatur einer Aussage wie: ›von einer weiten Reise‹, ›aus einem fernen Land‹ gewesen, im Spiel gibt es Herzen von Löwen, wo man will (undenkbar die den Rhythmus störende, daher das Spiel zerstörende Umstellung: ›der Onkel hat uns etwas aus Amerika mitgebracht‹), und der Onkel hätte als jemand, der ausgezogen war, einen Löwen zu erlegen und uns Kinder das Gruseln vor unseren Phantasien zu lehren, aus seiner Verbannung ins Märchen oder Gerücht (falls tatsächlich ein Verwandter ausgewandert wäre) auch zu mir zurückkommen dürfen – ein Columbus, der in ausgefallenen Reiseandenken unsere Wünsche aufgedeckt hat und dessen Geschenke man nicht wie die der Wiener Tante, die einem nur den Spott der anderen Kinder eintragen, mit einem Danksatz annehmen muß, denn er hat uns die seinen einzig zu dem Zweck mitgebracht, daß wir, vor Grauen oder Grausen lachend und schreiend, sie Stück für Stück rasch der Nachbarhand weiterschenken (möglicherweise haben bei diesem Tun manche Kinder ein wenig auch die Irrlehre beherzigt, daß man Handgranaten, die vor einem in der Wiese liegen, schnell aufnehmen und weit von sich schleudern soll)
›das Herz eines Löwen‹ hat einer von euch gesagt, sage ich zu meiner Cousine, und ihr anderen seid, bei Tag einem Traumbefehl gehorchend, von einem erst von euch entdeckten Kontinent ohne Zwischenlandung nach Amstetten gesprungen!
oder wären mir, wenn ich jemals das Herz eines Löwen aus Amerika herübergereicht bekommen hätte, Imperialismus

und Kolonialismus als eine Art Großwildjägertum lange Zeit mit einer unerklärlichen Sympathie behaftet gewesen? wenigstens hätte ich dann nach den barbarischen Blutsverbrüderungen mit dem amerikanischen Onkel den Mythos vom archaischen Menschen, was immer das sei, nie anders als in der kindischen Fassung: ›Herz eines Löwen‹ akzeptiert und wenigstens meinen Lehrern nie geglaubt, daß bei uns in Europa mit Geschichte getränkter Boden und daher Kultur sei, jenseits des Atlantiks aber nur die Zivilisation der Hygienevorschriften und des Geldes beheimatet wäre

›. . . hat uns was mitgebracht‹ –

wie gern hätte auch ich den Onkel gegen das schlechte Gewissen zum Bundesgenossen gehabt! ich hätte mich ausreden können, die von mir damals allzu oft im Halbschlaf begangenen Greueltaten in seinem Namen oder auf seinen Befehl ausgedacht zu haben, damit auch ich in diesem Spiel, statt sie länger wie einen Diebstahl zu verheimlichen, Traumfunde wie in Geschwisterblut getränkte Kinderhemden vorzuweisen hätte: als halber Stellvertreter des Onkels (dieser wäre ja, ohne selber zu sprechen, in jedem Spiel und jedem Geschenk imaginär anwesend gewesen wie bei der Wandlung der liebe Gott), nämlich sowohl als Überbringer als auch als erster Empfänger seiner Botschaften, wäre ich für die von mir erfundenen Geschenke genauso wenig zur Verantwortung gezogen worden wie ein Dichter für die Taten seiner Helden oder ein Schauspieler für seinen Text, und überdies hätte jeder, da der Onkel *uns* etwas mitgebracht hätte, in dem Kollektivgeschenk das geschenkt bekommen, was er verdient (meist das, was ein Kind manchem von denen, welchen es etwas schenken muß, schenken würde, wenn nur die Konvention dies zuließe)

›der Onkel aus Amerika hat uns was mitgebracht‹ –

wahrscheinlich habt ihr, sage ich zu meiner Cousine, ohne euch bei mißglückten, also in der Hand gehalten den Glauben an das, was sie sein sollen, überfordernden Geschenken jemals auf das trotz der heiligen Wandlung äußerlich Brot bleibende Fleisch des Gekreuzigten zu berufen und ohne schon etwas von Kunst zu wissen, in diesem Spiel unsere Religion und vor allem die Kunst als Bedürfnis nach der Sublimierung von Chocs begriffen, habt die von der Nichtwirklichkeit der Kunst gemäßigten und gemäßigt willkommenen Ängste und Schrecken spielend in die Wirklichkeit geholt und zugleich aus der privatesten Wirklichkeit verbannt, und so habt ihr euch mithilfe der Kunst als der Juxartikel- und Devotionaliensphäre Erinnerungen an als unheilig verbotene Berührungen straflos verschafft: in den unterm Tisch herumgereichten Körperteilen zum Beispiel könnte doch die Leichenschändung zu einer Vorwegnahme der Stilleben geworden sein und der Kannibalismus zu einem Liebesmahl –

oder habt ihr etwa nicht im Vertrauen auf den anonymen und als Namenloser nicht als Bedrohung existierenden Onkel in den Attrappen der von der Kultur mit pfui!-Berührungsverboten belegten Objekten endlich wieder das berührt, was ihr als Wirkliches nur mit Schuldgefühlen berühren können hättet? und vielleicht hätte ich, während ich mit euch die Geschenke des Onkels getauscht hätte, zu begreifen gelernt, was ich nie begreifen werde: was es mit dem Warencharakter und mit dem Tauschwert der Kunst für eine Bewandtnis hat!

jeden, der dieses Spiel gespielt hat, dürfte eine der wichtigsten Fragen der Kunstausübung, nämlich die nach dem ökonomischen Umgang mit den Mitteln zum Zweck der Übereinstimmung von Absicht und Wirkung, am meisten beschäftigt haben (am vollkommensten, nämlich so gut wie ›von selbst‹, ist ein ›Geschenk‹ bzw. Kunstwerk dann wahrgeworden, wird mancher draufgekommen sein, wenn Form und Inhalt bereits durch den Einfall einander bedingen) –

einer mag, um sich für einen Stoff zu entscheiden, seine Überlegungen am liebsten bei der beabsichtigten Wirkung

begonnen haben: was würde keiner von uns in die Hand nehmen, wenn er nicht wüßte, daß er mit der Imitation nur eine Anspielung auf das wirkliche Grausen in den Händen hält? ein anderer mag sich gefragt haben, ob bzw. inwiefern die bereits erprobten und daher von der Gewöhnung bedrohten Geschenke in Konsistenz, Gestalt und Größe derart sich abändern ließen, daß die Varianten analoge, aber doch eigenständige Wirkungen erzielen würden:
mithilfe dieser Technik könnte ein Kind probiert haben, den Inhalt der schon viele Male aus Amerika importierten Gedärme in die abgebrochene Vorzeitigkeit zu setzen, also zum Beispiel in Schlamm gesättigte Wollfäden als ›erbrochene Milchnudeln‹ weiterzuschenken, beim nächsten Spiel als ›von den Würmern aufgefressenen König Herodes‹,
und dann hätte sicherlich bald ein Kind, sobald ein anderer Onkel die ›Gedärme‹ puristisch auf einen nassen Strumpf beschränkt und dadurch der Phantasie die die Gedärme auffüllende Vorstellung ›Gedärme‹ abverlangt hätte, mit Wasser vermischte Erde in einen Fahrradschlauch gefüllt und dadurch den Naturalismus radikal und programmatisch erneuert.
haben manche Kinder, monomanisch wie Künstler und getrieben von dem Wunsch, das, was sie insgeheim besonders fürchten, den anderen zu bescheren, um mithilfe deren gespielten Entsetzens eigenes Entsetzen prophylaktisch zu lindern, immer nur ein- und dieselbe HalbschlafAngst weitergeschenkt (zum Beispiel den zuerst von einem Pfeiferl, zuletzt von einem Stück Gummischlauch dargestellten Finger eines Negers), bis sie darin die Chiffren ihrer wahren Angst zu erkennen begannen, ja ist ihnen, leidenschaftlich auf ihren Heimsuchungen beharrend, alles verfügbare Material immer nur zum Anlaß für ein mehr oder weniger verhülltes Selbstportrait geworden?
vielleicht wäre dann ich der Onkel gewesen, als der ich, verdrossen über die Untauglichkeit meiner Mittel, bald

draufgekommen wäre, wie fragwürdig die Technik des Vergleichens ist, mißtrauisch bald auch gegen die Vergleiche der Dichter: das ›etwas ist wie ...‹ ist meist ja doch nicht mehr als ein schlampiges: ›erinnert mich irgendwie an ..., nur mit dem großen Unterschied, daß ...‹ –
enttäuscht, daß etwa die Vorstellung ›Berührung von Gedärmen‹ nur dann ganz richtig ist und mit der der anderen nur dann übereinstimmt, wenn sie ein jeder unter Zuhilfenahme wirklicher Gedärme erworben hat, da ja die für eine Sache typischen (und daher insgesamt gleich wichtigen) Qualitäten kaum einer anderen Sache eigen sind, so daß das meiste, was durch Vergleichbares ersetzt und somit als Schein seiner selbst dem Konsumenten unterschoben werden soll, meist auf den Vergleich mit mehreren Dingen angewiesen ist, hätte ich die noch größere Enttäuschung erlebt, daß sich die Hoffnung nicht erfüllen kann, aus solchen gleichzeitig nicht möglichen, weil vom Tastsinn allein geforderten Teilvergleichen werde sich im nachhinein ein einziger herstellen und als taugliche Analogie einen annähernd richtigen Eindruck vermitteln:
wie nämlich sollte der blind Tastende imstand sein, das Nacheinander von Strumpf, nasser Seife, Grieskoch und eventuell noch von sich streckender und kontrahierender Raupe mithilfe bei sich die einzelnen Berührungen kommentierender Empfindungen in einem Satz wie: ›geformt wie ein Strumpf, aber glatt wie nasse Seife und gefüllt mit etwas wie Spinat und sich bewegend wie eine Raupe‹ als Gedärme zu begreifen, es sei denn, er hätte von der Berührung von Nie-Berührtem dieselbe Vorstellung wie ich?
und was ist andererseits von einem Vergleich zu halten, hätte ich eingesehen, welcher, damit zum Beispiel eine nasse Bandage Assoziationen zu Gedärmen aufrufen kann, bei den Mitspielern entweder eine meine Vorstellung bestätigende Erfahrung oder wenigstens eine meiner Vorstellung ähnliche und gleich vage oder klischierte Vorstellung voraussetzt;

welcher Unanschauliches scheinbar in einem Bild sichtbar macht, in Wahrheit aber vom Dichter unscharf Gesehenes erst recht verschwimmen macht?

ich wäre damals kaum draufgekommen, daß ein Vergleich nur dann der Beschreibung der Sache selbst vorzuziehen ist, wenn durch die Annäherung zwischen dem zu Vergleichenden und dem ihm Verglichenen ein Drittes entsteht, welches das, was die zwei durch ein ›Wie‹ verkoppelten Dinge gemeinsam haben, in Worten vor Augen führt und dadurch eine der Besonderheiten des betrachteten Gegenstandes sichtbar macht, welche man, betrachtete man nur ihn, leicht übersähe; aber ich hätte in der Bemühung, ein Nebeneinander der durch das vergleichende ›Wie‹ mühsam aneinandergebundenen Dinge zu vermeiden und wenigstens scheinbar das Unangreifbare oder Unbegreifliche in der ›ist-wie‹-Wiedergabe greifbar zu machen, den umgekehrten Weg gewählt:

ich hätte versucht, den verfügbaren Dingen, statt sie zum Vergleichsobjekt zu degradieren, durch die Versenkung in ihre Besonderheit einen neuen, wenn auch entlehnten Namen zu geben – so hätte ich zum Beispiel, um etwas noch nie in den Händen Gehaltenes zu beschwören, mir mit geschlossenen Augen ein geschältes hartes Ei in die Hand gelegt, diesem die Ahnung ›Flußpferdauge‹ entlockt und diese Ahnung mithilfe eines Augenlider beschaffenden Längsschnittes für die anderen Kinder reproduzierbar gemacht (und wenig später hätten diese in dem Dotter das schläfrig einen Spalt geöffnete Auge eines Flußpferdes behutsam berührt),

und dann wäre mir, der Vergleiche überdrüssig, eine Gattung Geschenke eingefallen, welche den Reiz dadaistischer Kunst enthalten und die in der Pop-art beim Namen genannte Identitätskrise der Kunst vorweggenommen hätte: im Widerspruch zu der einzigen (und als selbstverständlich nie ausgesprochenen) Spielregel hätte ich zum Beispiel einen

als ›toten Regenwurm‹ ausgegebenen toten Regenwurm unterm Tisch kreisen lassen, hätte aber bei allem Stolz, daß die unerreichbar poetische Fügung ›das Herz eines Löwen‹ durch die Verblüffung der Mitspieler über mein Geschenk sofort außer Konkurrenz übertrumpft sein werde, mit Bekümmernis eingesehen, daß mein ›toter Regenwurm‹, Objekt des von mir erfundenen Spielens mit der Wirklichkeit und des Sie-Verspottens, in keiner Abwandlung vor denselben Kindern wiederkehren dürfe, da sich mein Einfall (wie hätte mir nicht, von dessen Großartigkeit hingerissen, bei der Ankündigung: ›der Onkel aus Amerika hat uns einen toten Regenwurm mitgebracht!‹ die Stimme gezittert!) schon mit seiner ersten Erprobung als außerordentliche Wirkung für immer aufgebraucht habe (und hätte in dieser dem Hochgefühl vermischten Traurigkeit wohl auch die Melancholie der Künstler vorausgeahnt – jeder Einfall droht der letzte zu sein; in der zweiten Anwendung eines originalen, weil nur von einem selbst erprobten Einfalles manifestiere sich Einfallslosigkeit schlimmer als im Gebrauch von Klischees und von überkommenen Formen)
was wäre während der Spielrunde ›toter Regenwurm‹ geschehen?
den anderen Kindern hätte, den toten Regenwurm in der Hand, bis zur Enthüllung dieses Geschenkes anders und um einiges mehr als ansonsten gegraust: erstens wie immer, weil die Benennung jedes im Dunklen bleibenden Objektes ihre Bereitschaft, einen Schauer zu erfahren, mit einem Schauer belohnt, gleichgültig, ob sie im Garten lebende und tote Regenwürmer angreifen oder nicht (selbst bei so harmlosen und daher unüblichen Mitteilungen wie: ›und außerdem einen frischgepflückten Löwenzahn‹, der Weitergabe eines Gänseblümchens verbunden, müßte sich in dem auf Schauerreaktionen spezialisierten Spiel eine Gänsehaut einstellen); zweitens anders als ansonsten und daher mehr gegraut, weil ihre Verwunderung, daß das in jedem anderen Onkel-Spiel

ohne spezifizierende Erklärung nur schwer als das, was es darstellen soll, pseudo-identifizierbare Ding sich diesmal, wenn es nicht als ›toter Regenwurm‹ ausgegeben worden wäre, von selbst als toter Regenwurm deklarieren würde, sie in eine gruselige Ratlosigkeit stieße, und daher drittens, weil sie vergeblich zu ertasten suchten, was sie nun eigentlich wirklich in den Händen hielten: ein toter Regenwurm soll es sein, ist es also nicht – halte ich, was noch nie vorgekommen ist, etwas Ärgeres als das Angekündigte in der Hand, etwas, das ich nie in die Hand nehmen würde, wenn ich wüßte, was es ist?

und wenn dann die Wanderschaft des toten Regenwurmes in der Hand des Kindes zu meiner Linken enden würde, träte die von mir erwartete Verblüffung auch bei denen ein, die vorher geargwöhnt haben mochten, ich hätte Angabe und Lösung verwechselt und daher ›ein toter Regenwurm‹ statt zum Beispiel ›eine schlafende Sandviper‹ gesagt –

verwirrt, daß ein gegen die Konvention als ›toter Regenwurm‹ bezeichneter toter Regenwurm tatsächlich (nur) ein toter Regenwurm ist und bleibt, käme nun einigen Kindern so vor, als hätten sie soeben noch (Zwillingsidentität oder Doppelwesen Regenwurm, denn der einem Regenwurm beziehungsweise sich selbst verglichene Regenwurm wäre ihnen nachträglich in zwei tote Regenwürmer auseinandergefallen) zwei Würmer in der Hand gehabt und wüßten nun nicht, ob der nun von mir triumphierend geschwenkte tote Regenwurm der sei, welchen sie zuvor berührt haben, oder der, welchen ich mit den Worten: ›ein toter Regenwurm‹ ihnen in die Vorstellung gerufen hätte, ja ob der nun wieder bei mir angelangte Regenwurm vielleicht doch einer wäre, welcher vor ihrer Berührung überhaupt noch nicht existiert hat, erst von der ihnen suggerierten Vorstellung ›toter Regenwurm‹ *das* hervorgebracht, was diesmal durch meinen Verzicht auf willkürliche Benennung ohne ihre Mithilfe leere

Namensverlesung geblieben wäre, konsequenzlos wie die Nottaufe einer Totgeburt.
einige jüngere Kinder, zu ernste Nichten und Neffen noch, als daß sie mir, was ich getan habe, zutrauen würden, wären nun überzeugt, daß ich (mit Worten) zaubern könne: was hast du zuvor in der Hand gehabt, geht das mit einer Papierschnur auch? und mit welchen Worten noch?
einige ältere aber würden: ›das gilt nicht!‹ ausgerufen haben, weniger empört, daß sie den Trick nicht durchschaut haben oder daß das Ritual durch einen Frevel geschändet worden ist, als traurig, daß sie ohne jede Entschädigung um das Geschenk des Onkels geprellt worden sind: denn kaum daß sie sich, beleidigt, daß trotz der Auskunft ›toter Regenwurm‹ ein toter Regenwurm da ist und daß daher die der Spannung wegen bejahte Täuschung diesmal nicht von einer entspannenden Enttäuschung erlöst worden ist, über die abgefeimte Lüge entrüstet hätten, die sich feig hinter der Wahrheit versteckt, wäre ihnen, als ob sie während dieser Spielrunde überhaupt nichts in den Händen gehalten hätten (etwas, das vorgibt, das zu sein, was es wirklich ist, ist in Wahrheit weniger als es selbst), denn wie sollten sie (Märchen sind schön, aber nicht wirklich) es vermögen, von der ›Als-ob‹-Kategorie der traditionellen Kunst abzusehen und Realität und Fiktion, Empirie und Imagination zu einer doppelt schweren, aus der Illusion in sich heimgeführten Tatsächlichkeit werden zu lassen!
und so hätten sie mit einem mich als Falschspieler bezichtigenden Ausruf wie: ›das ist ja keine Kunst!‹ oder: ›na, Kunststück!‹ als ratlose Konzert- und Galeriebesucher über zeitgenössische Kunst geurteilt und, um mehr Phantasie und tiefere Bedeutung bittend, die mißtrauische Unterscheidung zwischen Kunst und Scharlatanerie oder Kunst und Pflanzerei vorweggenommen – oder hätten sie mit diesem ›na, Kunststück!‹-Ausruf (die Aufgabe der Kunst sei nicht die Demonstration der objektiven Wirklichkeit, sondern deren

auch technisch überzeugende und Gefühle des Künstlers mitverändernde Transformation in ein anderes Material) wider Willen auch noch die verhängnisvolle Unterscheidung zwischen ›wahrer Kunst‹ und ›kalter Artistik‹ aufgehoben?
es wäre aber auch möglich, daß der Kummer über den vom Unernst *eines* Kindes verratenen Onkel aus Amerika die Kinder ahnen ließe, daß ihr Lieblingsspiel nicht länger die Vollstreckung einer gottgewollten Ordnung sei, sondern wie nun auch jedes andere Spiel auf Vereinbarung beruht und somit, wie genau man die tradierten Spielregeln auch nehmen will, nichts als bloß normierte Willkür ist:
so wie kein Name einer Sache von Anbeginn eingeschrieben ist, wüßten sie nun, sondern sich erst durch den allgemeinen Gebrauch mit dieser befreundet und verbunden hat und sich manchmal als Vormund der Sache aufspielt, so sei auch nicht jedes dem Onkel aus Amerika verfügbare Ding der Beschwörung eines einzigen anderen Dinges vorbehalten – sobald nach dieser Erschütterung eines der Kinder beim nächsten Spiel mit der Umbenennung eines bereits mit einem anderen Gruselnamen ausgerufenen Objekts die Schöpfung des Vorgängers für gegenstandslos erklären und somit im nachhinein zerstören würde, müßten sie sich wohl eingestehen, daß sie an mehr als an die nur auf Augenblicke wirksame Magie ihrer von anderen Zauberworten bedrohten Worte und an die Unschuld ihrer zwar noch wie ein Schutzengel anrufbaren, aber schon als Instrument zur Vergewaltigung der Realität diskreditierten Phantasie zu glauben nur mehr zum Zeitvertreib einander vorspielen würden.
›das Herz eines Löwen‹ –
ich hätte den Erfinder dieses Verses beneidet und nicht beneidet: beneidet, weil ich, überwältigt von seiner Unabnützbarkeit, die von ihm überstrahlte Litanei als außergewöhnliches Gedicht erlebt hätte, selbst wenn ihn wie die schwächeren Verse nur ein schmieriger Klumpen begleitet hätte; und nicht beneidet, weil ich mich nie an seine

Ausführung herangewagt hätte und trotzdem immer wieder, um die den Löwen beleidigende nasse Seife durch ein besseres Herz, Herz zugleich des Gedichtes, zu ersetzen, nach anderen Übersetzungsmöglichkeiten gesucht, aber eine geschälte Orange genauso wie einen Tabaksbeutel aus Leder verworfen hätte; und ich hätte die Preisgabe dieses Verses seinem Dichter nie verziehen, weil ich es bei den Mitspielern nicht durchgesetzt hätte, die Weitergabe dieser einen so niederschmetternd schön angekündigten Gabe solle mit leeren Händen gefeiert werden –

geschändet von Gebrauchskunst hätte das ›Herz eines Löwen‹ lang vor der Bekanntschaft mit Gedichten mir demonstriert, daß es Gedichte gibt, die nicht zu übersetzen sind, selbst in einer uns unverständlichen Originalsprache ihre Besonderheit uns näher als in Nachbildungen (und da alle anderen Geschenke des Onkels von ihrer Vorgeschichte, ihren Anspielungen und unseren Assoziationen umwickelt geblieben wären, während einzig das ›Herz eines Löwen‹, sich selbst genug, für sich allein und doch lebendig vor uns durch den Himmel geschwebt wäre, hätte ich damals gefühlt, daß Gedichte mit Stilleben verwandt sind)

›das Herz eines Löwen‹ –

wäre mir als Kind diese Fügung bekannt gewesen, so hätte ich mich von Anfang an vor Adjektiven gehütet und lieber Substantiva verwendet, die ohne attributive Erläuterung auskommen; so wären mir ungefähr zehn Jahre später die für die damalige Lyrik charakteristischen (unechten) Genitivattribute sofort als schwächlich verdächtig gewesen: wer das ›Herz eines Löwen‹ gekannt hat, bei dem ist, nehme ich an, mit keinem ›Flügel des Mondes‹, mit keinem ›Gefieder der Träume‹ Staat zu machen, schon gar nicht mit dem Poetengenitiv ›der Rose Duft‹, von ihm fast so komisch empfunden, wie wenn ein fein tuendes Kind das Herz eines Löwen als: ›eines Löwen Herz‹ herumgereicht und so zu einem modischen Attribut gemacht hätte

der Onkel aus Amerika hat uns was mitgebracht, und zwar – die Erinnerung meiner Cousine bestätigt, wie sicher Kinder auch ohne ästhetische Vorschriften in stilistischen Fragen sind: nie sei ein mit Wasser getränkter Wattebausch als in Blut oder Urin getauchte Watte ausgegeben worden, dafür als der Bart eines Wassermannes oder eines ertrunkenen Matrosen; als ›Haar einer enthaupteten Hexe‹ durfte, wenn keine Glaswolle verfügbar war, Roßhaar, ja selbst ein Büschel Kinderhaare verwendet werden, da ja nicht die Sache selbst das Gruselige war, sondern deren Legende; selten hatten Arbeitshandschuhe als abgehackte Hände herzuhalten, beliebter seien Kastanienblätter als Füße einer Mumie gewesen; und in einer Umkehrung der Pars-pro-toto-Technik der Dichter gab es ›Rotz‹ oder ›Ausgespucktes‹ darstellende Nacktschnecken – vielleicht ist ein Stück Karpfen zu einer sogleich in den Wellen verschwundenen Seejungfrau geworden, die tropische Muschel der Großmutter zum ›abgehauenen Ohr eines Negerfürsten‹, wenn ihnen nicht der zum Fensterputzen verwendete Lederfleck als aufmerksames Ohr eines Elefanten besser gefallen hätte, und sei es, weil sie den metaphorischen Abstieg der Meermuschel über die Ohrmuschel zur Waschmuschel nicht wahrhaben wollten; und vielleicht hätte ich einen unserer Igel als Nadelpolsterl herumgereicht, kaum aber ein Nadelpolsterl als Igel, da mir dieses damals die Imitation eines Igels gewesen ist, und wie sollte ein künstlicher Igel einen wirklichen darstellen dürfen –
und so wäre auch meine Befürchtung, eines Tages werde das ›Herz eines Löwen‹ ein aus dem nahen Schlachtraum herbeigeholtes Herz sein, nie wahr geworden: Kinder wissen, daß idem nicht per idem definiert werden darf, nie sei ›Menschenfleisch‹ von irgendeinem Fleisch umschrieben worden, ja gewiß hätte man eher eine Scheibe Wurst als Hostie zugelassen!
der Onkel aus Amerika –

hat es Kinder gegeben, die das den Geschenken anderer geltende Kreischen als einen *ihre* Heldenhaftigkeit besingenden Chor sich übereignen mußten, indem sie, sooft angeblich Blutiges oder Schleimiges herumgereicht wurde, das in ihrer Hand Verbleibende mit einem: ›hm, fein!‹ aufgeleckt haben, ob es nun Eiklar oder Schmierseife war? dann haben sie als Schauspieler, eifersüchtig bemüht, die einem Dichter geltende Bewunderung des Publikums auf sich zu ziehen, auch vorausgesagt, in welcher Weise einmal Rezitatoren, Regisseure und Wissenschaftler Kunst mißbrauchen würden zur Befriedigung ihrer Eitelkeit. und sicher gab es auch Kinder, die zum Beispiel eine von einem Salatblatt dargestellte ›Flamme des Fegefeuers‹ mit dem Urteil: ›fad!‹ belegten und somit den Anspruch vieler Kunstkonsumenten, das Kunstwerk müsse ihren privaten Problemen verfügbar sein wie ein Spiegel, die Künstler rechtzeitig wissen ließen

hat uns was mitgebracht –

warum habt ihr zur Abwechslung das Spiel nicht auch in die entgegengesetzte Richtung gespielt, sage ich zu meiner Cousine, ihr hättet doch auch ein scheinbar recht harmloses Geschenk sich mit Schrecken enthüllen lassen können, das wäre dem kindlichen Sadismus gewiß sehr willkommen gewesen!

nein, das wäre nicht gegangen!, antwortet sie mir. erstens hätte von da an ein jeder, statt mit Bereitschaft zur Illusion, nur mehr mit Mißtrauen nach dem Geschenk gegriffen, und aus dem schönen Spiel wäre dann notgedrungen eine Travestie geworden: da sich ja im Unterschied zu toten Regenwürmern hinterm Haus keine Nilpferdzunge, als Banane auszugeben, gefunden hätte, wäre uns doch gar nichts übrig geblieben, als zum Beispiel als ›vom Regen aufgeweichte Pullmanmütze‹ eine Kuhflade zu verwenden; und zweitens wollen Kinder, wie in allem auch in der Kunst konservativ und auf die rechte Ordnung bedacht, nach jedem Schauer, ein Genuß dieser nur durch die Gewißheit der bevorstehenden Wendung zum Guten, in der Erleichterung ihre Erlösung erleben und die der Welt: die Zunge eines Verräters muß *zuerst* da sein, um zu einem Stück Birne werden zu können, Kinder wollen am Ende Versöhnung wie Erwachsene auch: oder kennst du eine Tragödie, in welcher uns die Qual angetan wird, daß der tragische Held in anderer Verzweiflung als Othello stirbt, weil die Kabale erst nach seinem Tod aufgeklärt wird?

ja, das ist wahr, und zumindest bei den Jüngeren hätte diese Umkehrung nicht recht funktioniert – ihr Zutrauen zu dem Wort und die Wirkung des Wortes auf die Wirklichkeit ist für sie noch so groß, daß es wenig Sinn hätte, etwas Unappetitliches als Delikatesse auszugeben, zum Beispiel einen Roßapfel als Schokoladekugel: das Kind würde das Wunschwort über das in der Hand Gehaltene stülpen und dann schlimmstenfalls das, was beide Dinge gemeinsam haben, in der Hand halten, eine Kugel von bestimmter Größe, Schwere und Farbe!

aber wir haben, fällt mir ein, mit allen möglichen Phantasien und Nachkriegsgerüchten belegte Brote herumgereicht: Katzenmarmelade und Kinderfleisch, und so war uns die Kunst als Wonnegraus ein kulinarischer Genuß!

nur gut, daß keines von euch politische Macht erlangt hat – vielleicht würdest du dann als Vorsitzende eines allmächtigen Frauen-Politkomitees deinen zur Jause geladenen Genossinnen, kaum daß dich eine an das alte Onkelspiel erinnert hat, statt die vorbereiteten Bäckereien herumzureichen, lieber Papierservietten als unterschlagene Gnadengesuche oder als gefälschte Anklageschriften der von euch zu Fall Gebrachten unterm Tisch kreisen lassen, vom Kirren der anderen für den Kunstgenuß der Macht gelobt, und dann könnte ja auch einer von den Euren als unliebsam gewordener General oder Vizepräsident die ›Schokoladezuckerl‹ genannte Giftkapsel mit einem Gruß vom Großen Onkel unterm Tisch in die Hand gedrückt bekommen oder den

›Blindschleiche‹ genannten Strick, damit er der Vollstrekkung des Urteils zuvorkomme!
hat uns was mitgebracht –
hat man in der Sitzordnung darauf Bedacht genommen, daß die Klebrigkeit, Schleimigkeit, kalte Nässe und so weiter des Geschenkes von Hand zu Hand abnahm, so daß es, gegen Ende der Spielrunde des fühlbaren Schauers entkleidet und im Geschrei der anderen fast schon verflüchtigt, nur mehr das Signal war, die Worte des Spielansagers bei sich zu wiederholen als Bitte um eine Vision und gläubig nach dem Wortinhalt zu greifen? unbedacht habt ihr das Richtige wahrscheinlich insofern getan, als ihr Größeren dem Geschenküberbringer am nächsten gesessen seid, ohne daß dies für die abgedrängten Kleineren ein Nachteil war, im Gegenteil: kleinere Kinder, denen jedes Stück Holz ein Hund werden kann, trägt allein schon das Gequietsche der anderen in die gewünschte Schauerstimmung, während für die älteren mit jedem Schritt in die Rationalität und Aufgeklärtheit die Illusion, um halbwegs glaubhaft zu bleiben, immer perfekter werden muß – wäre, so gesehen, nicht auch der Anspruch mancher Erwachsener auf naturalistische Darstellung von einer Entartung der Phantasie herzuleiten?
und so bin ich überzeugt, daß beispielsweise die ›einem Kanarienvogel abgezwickten Füße‹, feinste Verästelungen eines Zweiges, oder ein Säckchen Reis als ›Taubenmagen‹ den Größeren als raffinierte Einfälle so imponiert haben, wie die Kleineren die ›Wasserleiche‹ ergötzt hat, aus einem durchnäßten Schal von ihren Imaginationen zu gebären.
und vielleicht hätte die Vereinbarung, einmal pro Spiel solle mein ›toter Regenwurm‹ abgewandelt werden, auch denen, die für das Onkelspiel schon zu groß waren, doch noch zu einer Freude verholfen: von dem Ehrgeiz, den Falschspieler vor seiner Selbstentlarvung zu entlarven, zu ihrer Skepsis und Nüchternheit legitimiert, hätten sie alles, was ihnen überreicht worden wäre, zu identifizieren gesucht, dann aber

das somit in seinen mutmaßlichen Urzustand zurückverwandelte Geschenk mit dem vom Geschenkverteiler ausgesuchten Namen ein zweites Mal benannt und es so wenigstens selber zu dem verfremdet, worein es für sie zu verwandeln dem Onkelkind mißlungen war, und hätten sich dadurch, wenn auch mit einigem Aufwand an Autosuggestion, in das für sie scheinbar längst erschöpfte Grauen lanciert.
aber eigentlich wäre es viel lustiger gewesen, sagt meine Cousine, wenn wir manchmal ›Rätselgeschenke‹ kursieren lassen hätten, wer weiß, was für schöne Namen uns allen so eingefallen wären!
das glaube ich nicht! ohne den Befehl, man solle sich dies oder das in die Hand gelegt zu bekommen vorstellen, hätte jeder nur wesenloses Rohmaterial in den Händen gehalten, immer phantastischere Vermutungen, was das Ding darstelle und sei, hätte der Drang, die anderen Kinder an Phantasie zu überbieten, hervorgebracht, und so hättet ihr, bald auch mit den Händen blind, gegen das Gesetz der Stimmigkeit zwischen Form und Inhalt verstoßen: gewiß muß vor allem der Künstler sein Material genau kennen, damit sein Wille diesem nicht Gewalt antut, sondern es seiner Hingegebenheit gestattet, mit handwerklich-technischer Präzision freizulegen, was in diesem enthalten ist an Bereitschaft, die Gestalt seiner Vorstellungen anzunehmen, er muß aber auch dafür sorgen, daß der Spielraum des Konsumenten für eigene Deutungen nicht zu groß wird, er kann diesem ja nicht *seine* Entscheidungen überlassen.
aber du hast recht, eine Art Rätselgeschenke hätte es schon geben können: nämlich solche, die, um den Blinden nun auch noch den Tastsinn zu nehmen und sie so in noch größere Unsicherheit und Ausgesetztheit zu stoßen, dem ungeschulten Ohr zugedacht gewesen wären, jedes mit mehreren gleichrangigen Lösungen ausgestattet, sodaß wir, vom Schweigen des kleinen Onkels irritiert, die eigenen Ängste in der Hand gehalten hätten – eine kleine Schachtel zum

Beispiel, in welcher ein paar Kieselsteine hin und her rollen, wäre dem einen Kind das Brausen gereizter Hornissen gewesen, einem anderen die Maus, die es als seine Gefangene gequält hat, und daher auch der Donner des Blitzes, der in seinen Schlaf einschlagen wird, wieder einem anderen die eine Murmel, es als Dieb zu entlarven. und wenn es deine Rätselgeschenke gegeben und ich mitgespielt hätte, wüßte ich vielleicht, ob die Trennung in Künstler und Nichtkünstler schon in der Zeit beginnt, in der alle Kinder gleich gut zeichnen und gleich viel Phantasie haben – ob die zukünftigen Künstler diejenigen sind, welche nichts so aufregend finden, als rätselvolle Rätsel sich aufsteigen zu lassen, überzeugt, daß sie die Lösung träumen werden, während die anderen viel lieber sich Rätsel aufgeben lassen und diese durch Nachdenken lösen, sofern ihnen glaubhaft versichert worden ist, daß es eine vernünftige Lösung gibt.
hat uns was mitgebracht –
was, wenn ein Kind seine Ankündigung: ›den Hals einer ermordeten Giraffe!‹, kaum daß einige Mitspieler die Weinflasche berührt haben, mit dem Ausruf: ›ich habe mich versprochen!‹ widerruft und zugunsten: ›eine Zeitbombe hat er uns mitgebracht!‹ korrigiert? die Antwort: ›hab uns gern! du hast »Giraffe« gesagt, also gilt »Giraffe«!‹ enthielte weniger die Zurechtweisung, zwei Gänge auf einmal spielen zu wollen, bedeute Mangel an künstlerischem Gewissen, als die Überzeugung, das Kunstwerk habe sich mit seiner Vollendung so weit von seinem Schöpfer gelöst, daß dessen Interpretation seiner ursprünglichen Intentionen für den Betrachter unverbindliche Privatmeinung sei
das Herz eines Löwen –
du mußt dich irren, widerspreche ich meiner Cousine, niemals kann eine nasse Seife das Herz eines Löwen gewesen sein: undenkbar, sich mit etwas, das eben erst ein Herz gewesen ist, die schmutzigen Hände zu waschen, es sei denn in Unschuld! weißt du denn wirklich nicht mehr, daß das

Wunderbare an dem Herzen eures Löwen auch das war, daß er es euch immer wieder wie sein Junges bestaunen ließ, während er hinten im Schlachtraum die Kälber riß, ihr hörtet doch oft die Schweine schreien, kaum daß einer ›das Herz eines Löwen‹ gesagt hatte – so war für euch die Kunst eine Kraft, die nicht nur bändigen und bannen, sondern auch gefährliche Instinkte und schlummerndes Böses heraufbeschwören kann.
was ihr erlebt habt, wenn einer endlich wieder die Strophe ›das Herz eines Löwen‹ anstimmte, war aber weder der Schauer: »der mich töten können hätte, ist auf meinen Befehl tot, ich habe den frischen Beweis in der Hand!«, noch die gruselige Erwartung, durch den Wortzauber und Berührungssegen ›Herz‹ würdet ihr stolz und blutrünstig werden wie ein Löwe – ihr wart immer von neuem von der Wirkung der reinen Poesie inmitten eurer gesuchten und trotzdem bescheidenen Einfälle überrascht, »mit solchen Worten müßte jede Runde angesagt werden!«, habt ihr neidvoll-bewundernd gedacht und euch trotzdem ein jedes Mal gewundert, daß diese Zeile wirklich jemandem eingefallen war, nicht immer schon in der Welt gewesen und außerdem nicht eben erst vor einem blutigen Paket zum ersten Mal gesprochen worden ist, und dabei hat euch der Schauer vor den Begriffen des Religionsunterrichtes wie ›Ewigkeit‹ gestreift: ich nehme daher an, ihr habt voll Respekt als das Herz eines Löwen eine aufgezogene Weckuhr, eine schöne Birne, einen noch heißen Laib Brot oder einen in kaltes Wasser getauchten Ybbsstein herumgereicht!
und kannst du dich vielleicht erinnern, welche Versuche ihr angestellt habt, etwas wie das ›Herz eines Löwen‹ ein zweites Mal hervorzubringen? hat einer von euch ›die Pranke eines Tigers‹ probiert? er wird sich heute noch wundern, daß seine Pranke als lahme Nachbildung eines Epigonen sofort vergessen wurde, wie fest sich auch die Gartenkralle in die kleinen Hände eingedrückt haben mag.

was aber wäre gewesen, wenn wir, schließlich kam damals jeden Sommer eine Tierschau oder ein Zirkus nach Amstetten, das Herz eines verendeten Löwen hätten beschaffen können? ich kann mir das Entsetzen nicht vorstellen, das über uns gekommen wäre, wenn nun ›das Herz eines Löwen‹ in unseren Händen Wirklichkeit geworden wäre!
dieser Augenblick hätte mit dem Begreifen, was Wahnsinn ist, mehr zu tun gehabt als mit der Verblüffung über meinen toten Regenwurm: fleischgewordene Poesie ist noch grauenhafter als der dem abwegigen Wunsch nach der Wirklichkeit der Poesie entspringende Kult mit Reliquien, denn im Unterschied zu dem ›Herz eines Löwen‹, das durch eine merkwürdige Fügung auch noch wahr werden könnte, bleibt das ›Schweißtuch Christi‹ eine so liebevolle Erfindung wie die ›Dornenkrone‹ eine wunderbare Metapher, gar nicht zu reden von den aberwitzigen, Gottes Sohn nichts ersparenden ›Windeln Jesu‹! ich nehme an, ihr hättet euch der Schuld am Tod des Zirkuslöwen bezichtigt, dieses Spiel nie mehr gespielt und der Kunst als frivoler Vorwegnahme von Bösem oder der Verführung dazu auf immer abgeschworen.
natürlich können wir wieder von etwas anderem reden, aber schließlich habt ihr, statt mich zum Mitspielen einzuladen, das Herz eines Löwen verspielt, aber jetzt, wo ich das Spiel kenne, ahne ich, was einer über Kinder oder den Ursprung der Kunst geschrieben haben könnte:
an jedem Anfang ist die Kunst, ist die Poesie eine Sensation, noch nicht ›Gefühl‹ gewordene Sinneswahrnehmung – von einem der einfachsten und ältesten Sinne, dem Tastsinn, wird die Welt aus verschiedenen Lehmklumpen neu geschaffen, indem mit Hilfe der diese benennenden Wörter die greifend-begreifenden, findend-empfindenden Hände angewiesen werden, aus dem schon zum Teil eroberten Begrifflichen Vorstellungen ins Angreifbare zurückzuholen: die dem Verstand verschworenen, selbst besitzergreifend distanzierenden Augen bleiben ausgeschlossen, daher empfängt die

blinde Hingabe an den berauschenden, des passiv aufnehmenden Ohrs sich bedienenden Wortbefehl von den Händen bestätigte Bilder, denn ursprünglich ist Poesie vor allem Namensgebung, Tauffeier für sinnlich wahrnehmbare Dinge –

Benennendes und Benanntes sind noch keine unauflösliche Gemeinschaft eingegangen, und ihre Beziehung ist in der frühbegrifflichen Zeit noch nicht geklärt: das Ding wird erst, was es ist, sobald es vom Betrachter mit einem Namen gekennzeichnet wird; eine falsche, das heißt eine einem anderen Ding ohne Rücksicht auf dessen Gewohnheitsrecht entlehnte Bezeichnung verändert das Ding, auf welches sie mutwillig abgeschossen wird, denn sie ist ein Zauberbefehl, und dieser wird das anders benannt seines eigenen Namens beraubte oder von diesem im Stich gelassene Ding dann in das verwandeln oder dem annähern, welchem dieser Name im Sprachgebrauch eigen ist und einen Halt gibt, wenn es sich bloß ähnlich anfühlt wie der nun namenlos auch sinnlos gewordene eigentliche Namensträger

zum ersten Mal zu lesen, möge er fortfahren, ist ein Hauterlebnis, und die Kinder sind die eigentlichen Dichter, solange ihr Vertrauen zu den Wörtern die Welt verändert: der Wasserball, der ihnen eben noch das Herz eines Löwen gewesen ist, trifft als ein Herzschuß ins Netz. *sie* pflanzen durch Namensübertragung einem harmlosen Ding das magische Grauen vor etwas ganz anderem ein und berühren in dem so geschaffenen Wortding und Abbild der zugleich beschworenen und gebannten Angst Teile ihrer Welt,

und so gründen und verwalten die Kinder auf der Wanderschaft durch Scheinidentitäten, Doppelnaturen und Zwitterbegriffe im Namen ihrer Wünsche und Ängste die auch von den Dichtern, diesen von der Vernunft längst entmündigten Wiedertäufern, blutleerer Eindeutigkeit preisgegebene Welt

kannst du dich an den kleinen Buben erinnern, der alles tat, was er tun sollte, wenn seine Mutter das Spiel, er sei der kleine Wikinger Wickie aus einer Kinderfilmserie, mitgespielt hat? es hat ihm genügt, plötzlich den Namen Wickie zu haben und alles um ihn herum mit dem Bestimmungswort ›Schiffs-‹ oder ›Wikinger-‹ zu versehen, und so ähnlich ist es mit dieser Kunst: man braucht sich bloß zu sagen, daß der Flaschenreiniger oder der Kleiderständer ein Kunstwerk ist, ein ›Flaschenreiniger‹ benanntes oder ein einen Kleiderständer darstellendes Kunstwerk, schon hört der Gebrauchsgegenstand auf, Gebrauchsgegenstand zu sein, hat plötzlich Anteil an der Kunst und wird selbst zu einem Kunstwerk – daß diese Dinge in einem Raum zu sehen sind, in welchem es ansonsten nur Kunst zu sehen gibt, fügt ihnen etwas von dem hinzu, was ansonsten nur von Kunstwerken ausstrahlt, natürlich nur dann, wenn der Betrachter weiß, was eigentlich Kunst ist, wie ja auch dem Kleinen der Name ›Wickie‹ nur dann zu einem zweiten Leben verhilft, wenn er diese Zeichentrickfilme gesehen hat:
als Wikinger tut er zwar nichts anderes als das, was er täglich tut oder tun sollte, alles um ihn bleibt, wie es ist, und wird doch etwas anderes, weil er, ›ich bin Wickie!‹ denkend, die Kraft hat, sich in den Buben zu verwandeln, den es ohne ihn doch nur als eine aus wenigen Strichen bestehende Figur eines Zeichentrickfilms gäbe – ähnliches hat dessen Phantasie zu leisten, der ein aus mehreren Flaschenbürsten bestehendes Gerät so lange als Schöpfung eines Künstlers betrachtet, bis die bloß gedachte Berührung der vermutlich weichen Borsten seine Haut etwas empfinden macht wie die Berührung einer Katze und sein Berührungsverboten sich fügender Tastsinn die Sehnsucht nach der auch ihn selber verändernden Wirkung der Kunst fühlbar werden läßt,

und die Leistung der Einbildungskraft, davon abzusehen, daß ein in einer Galerie ausgestellter Laib Brot in Wahrheit weiterhin bloß ein Laib Brot ist, um ihn, absehend auch von dem täglichen Umgang mit Brot und daher auch von uns selber, als zweckfreies, wunderbar proportioniertes Kunstobjekt und daher als allerersten Laib Brot wahrzunehmen, entspricht etwa der, wenn der Kleine die gewohnte Küche zu einer jahrhunderteweit entfernten ganz anderen macht, indem er sie, ob er sie sich nun von einem Meer umgeben denkt oder nicht, ›Schiffsküche der Wikinger‹ benennt

und wie er, wenn seine Doppelidentität von dem ihm vertrauteren Selbst bedroht wird, auch davon, daß er ja im Alltag keine Gelegenheit zu beweisen hat, aufgeweckt und schlau wie der kleine Wikinger zu sein, von der Mutter sogleich als ›Wickie‹ angeredet werden muß, um wieder genauso viel Wickie wie er selber zu sein, so muß sich auch der Betrachter solcher Kunst zu helfen wissen: wenn ihm nach der ersten Verblüffung das Kunstwerk Flaschenreiniger zu einem ganz gewöhnlichen Flaschenreiniger zu werden droht, wird er bei dem Namen des Künstlers Zuflucht suchen, bei der Vorstellung, dieses Ding sei soeben als ein Bild oder eine Skulptur feierlich enthüllt worden, und so springt er wie der Wahl-Wickie und seine Mutter zwischen Realität und Fiktion hin und her

und was haben der Künstler und die Mutter des Kleinen gemeinsam? sie spielt in Wahrheit doch gar nicht mit, sie vermittelt bloß ihrem Kind den Rausch, daß es der kleine Wikinger sei, indem sie es mit einem für sie bedeutungslosen Kosenamen ruft, sie stellt sich dabei ja nichts vor, sie gibt nur acht, ihr Kind nicht durch ein Sich-versprechen zu beleidigen und ihm die Illusion von einer Fahrt durch Nordmeere zu zerstören, und selbst diese Freude macht sie ihm doch nur, damit es, von der Verwandlung in einen Wikinger angestrengt, keine Energie hat, sich den dem anderen geltenden

Geboten zu widersetzen – spielt der Künstler, wie sie aus Liebe, mit dem Publikum ein falsches Spiel, oder ist bloß der Schock, den er den Betrachtern vermittelt, größer als der Reiz, den er selbst von solchen Gegenständen empfängt? es könnte ja auch die Mutter sich etwas vorstellen, zum Beispiel wie es wäre, auf einem Schiff zu kochen!
und gewiß hat auch der Kleine mit dem Künstler so viel gemeinsam wie mit den gutwilligen Galeriebesuchern: wie er als Wickie auf Wickies Abenteuer verzichtet oder verzichten muß, weil es bei uns keine Eisbären zu fangen gibt, und sich darin insofern gerechtfertigt weiß, als der kleine Wikinger des Films ja auch nur einmal pro Woche Aufregendes erlebt und ansonsten brav ißt und brav schläft, um dem anstrengenden Wikingerleben gewachsen zu sein, so verzichtet ein Künstler, der solche Alltagsdinge ausstellt, auf das Abenteuer des Künstlers und beweist uns dadurch, daß einem Künstler nicht viel anders, als wie einem spielenden Kind die Wirklichkeit zu etwas anderem wird, alles, was er verwundert betrachtet, zu Kunst werden kann, ohne daß er dies in einem Kunstwerk sichtbar machen müßte – überzeugt, daß alles, was ein Künstler zu Kunst erklärt, Kunst ist; angewidert, daß die Kategorie der Originalität mit denen zu teilen wäre, die uns alltäglich allerneueste einzigartige Produkte anpreisen; beleidigt, daß Freunde der Kunst es widerspruchslos hinnehmen, daß Kunstwerke zu Gebrauchsgegenständen herabgewürdigt werden, indem man etwa bedeutende Bilder, in falschem Format reproduziert, zu Grußkarten macht, die berühmtesten Werke berühmter Museen ineinandergeschoben auf Kopftücher druckt, die Mona Lisa auf Tragtaschen und Kinderleiberl, oder die Venus von Milo, fünf Zentimeter groß und aus Gips, zu einem Zigarettenabtöter bestimmt, erspart er sich den Umweg Venus von Milo und Mona Lisa und stellt lieber gleich irgendwelche Aschenkübel und Einkauftaschen ins Museum – könnte nicht aus ähnlichen

Gründen der kleine Bub vor dem Film-Wickie kapituliert und auf die Erfindung eigener Spiele verzichtet haben?
möglicherweise ist die Kunst von denen zu retten, die, sich noch erinnernd, was Kunst gewesen ist, auf das Spiel des Künstlers mit den Dimensionen der Wirklichkeit eingehen, auf einem Teller arrangiertes Obst als Anspielung auf alte Stilleben gutheißen und diese für eine Erinnerung wiederbeleben – die Künstler werden dann, gerührt von solchem Kunstbemühen, nicht länger Gebrauchsgegenständen mehr vertrauen als sich selbst und wieder Kunst produzieren, und dann wird auch der Kleine ohne Berufung auf den schlauen Wickie sich so brav zu sein getrauen, wie er es aus Liebe zur Mutter immer gern gewesen wäre!
aber was wird sein, wenn Künstler, hingerissen von der Kunstwirkung alltäglicher Objekte, dann alles so zeichnen, als wäre es photographiert, oder verblüffend getreue Nachbildungen zum Beispiel von Brot ausstellen? dann wird es Kindern zwar noch immer genügen, den Polster ›Eisbär‹ zu benennen, aber der älteren Kunst könnte ein nichtwiedergutzumachender Schaden zugefügt werden: der bald an so grobe Reize wie den des Gekitzeltwerdens gewöhnte Betrachter der mit dem Effekt ›sieht ganz echt aus‹ spielenden neuen realistischen Kunst wird das, was die großen Kunstwerke ausstrahlen, bald nicht mehr wahrnehmen können, als wären sie, eins mit der Abstumpfung seiner Sinne und Gefühle, erloschen und verstummt

Poetische Augenblicke

wie rasch und überraschend sich manchmal manches zu einer anderen Wirklichkeit verdichtet, indem sich über das, was du siehst, hörst oder liest, ein dir von einer Täuschung, einer Spekulation oder von einer Bewegung des Herzens eingegebenes Bild schiebt, für dessen Dauer manchmal Nächstes und Fernstes zu einer Wahrheit zusammentritt –
in einem Salzburger Hotel irrst du dich in der Zimmertür wie nie zuvor, denn sogleich berührt dein Fuß türkisches Weideland, fünf Bauernmädchen, bunte Tücher um den Kopf und Schürzen über den Pluderhosen, sitzen im Gras, auf einem zwischen ihnen ausgebreiteten Tuch Brot, Käse und ein Krug, rasten von der Feldarbeit und vertreiben sich lachend die lange Zeit des Schafhütens, bis sich, was du am Rand ihrer Idylle wahrgenommen hast, auf den zweiten Blick als Bügelmaschine und Stöße von Bettwäsche zu erkennen gibt
an einem Novemberabend gehst du in der Wachau die Donauuferstraße entlang, plötzlich dringt vom Wasser herüber ein langgedehntes, dann mehrmals kurz wiederkehrendes Hornsignal – Gruß eines Donauschiffers an sein Mädchen? Notruf eines Fischerbootes oder Warnsignal eines Schleppkahns, der sich, auch für ein Gegenschiff noch unsichtbar, in die Flußschlinge manövriert? du willst durch das Hoftor eines der alten Fischer- oder Schifferhäuser Ausschau halten, welches Geisterschiff sogleich vorübergleiten wird, aber da ist sein Nebelhorn ein Bub, der in der Hauseinfahrt Posaune übt
in der Auslage eines Stickereigeschäftes inmitten anderer Leinengewebe mit aufgedruckten Stickvorlagen auch eines, in dessen sogleich an einen Streifen Bandage gemahnendem Gitternetz die Köpfe Mozarts und Beethovens wie Kopfver-

letzte festgehalten werden, beider Haut so grobporig, als hätten sie die Blattern –
schließt, wer zum ersten Mal in offene Augen sticht, die Augen vor der Entdeckung, daß unter seinen Händen ein Martyrium, stumm wie Fische, zu einem Ruhekissen wird? fast schlimmer noch, mit einer spitzen Nadel in Beethovens Ohren zu stechen! (sollte dies aber eine Akupunktur sein, ihn vor dem Ertauben zu bewahren oder von seiner Taubheit zu heilen, so wird den Gehörgang des schlafenden Mozart ja doch mit feinen Nadelstichen ein Freund des Giftmischers Salieri öffnen)
an einem zwanzigsten Mai weckt dich um drei Uhr früh ein denkwürdiges Gewitter: es donnert und blitzt, aber die Amseln singen, als wäre Morgendämmerung und Morgenstille, setzen den grellen Einschlägen und dem zuckenden Licht ihr Singen entgegen wie zur Verteidigung ihres Reviers, zwischen Blitzen und Donnern anschwellender Gesang, auch so könnte Bombenkrieg sein
betritt man während des Ave-Läutens den Garten des Stiftes Melk, so sieht man hinter Rosenhecken nahe dem Seerosenteich eine riesige weiße Blüte nach der anderen sich zu hohen Kerzenknospen schließen – es sind aber nur die Sonnenschirme des Cafés
drei mit der Aufschrift FRAGILE in großen Leuchtbuchstaben gekennzeichnete Güterwaggons sind mit zusammengepreßten Autowracks beladen – drastische Belehrung der Eisenbahner, sie sollten Fremdsprachen lernen, oder mit aller nötigen Obsorge vor sich gehender Transport moderner Kunst?
Illustriertenphotographie. am Fenster eines Jets ein Scheich, der, in den Himmel hinausschauend, auf dem Unterarm einen Falken sitzen hat, Falke, der mit Augenkappe und zusammengebundenen Füßen mit einer Geschwindigkeit von neunhundert Kilometern pro Stunde und zehntausend Meter über dem Meer übers Meer fliegt, Flug zu einer Falkenjagd in Pakistan

ein Hochhaus aus Glas, welches, als wäre es der dem Schloß Belvedere zu Füßen gelegte und dieses spiegelnde kleine Teich und einzig zu solchem Zweck vis-à-vis von einem Biedermeierhaus errichtet worden, aus jedem seiner Spiegelbilder: ›ich bin nur dich und die über dich hinwegziehenden Wolken wiederzugeben wert!‹ spricht, Selbstwertgefühl, dem bald ein gleich hohes und gleich nacktes Gegenüber zustoßen wird

die an manchen Grabsteinen verglast angebrachten Portraitphotographien: in diesem Alter und mit diesem Gesichtsausdruck möchte ich am Jüngsten Tag auferstehen!

gewiß nicht bloß eine Erinnerung an den bockbeinigen Teufel des Märchens, sondern poetische Wahrheit die nach bestimmten Verbrechen wiederkehrenden Aussagen, der verdächtige Fremde habe gehinkt – die letzte Hemmung, einem Kind Gewalt anzutun, will seine Schritte verzögern, damit er zu spät käme, Fuß und Bein, die, Schmerzen simulierend, ihn erst wieder tragen wollen, wenn er, aus dem Rausch aufgewacht, umkehren würde, dann aber, dem Bösen gefügig, ihm diesen Liebesdienst versagen

die poetischen Bilder als Abfallprodukt der Werbung – es gibt nicht nur Sonnenbrillen, die, wissend, was für ein Licht für dich am besten ist, sich dann und wann mit Hochsommerwolken bewölken, es gibt auch eine ›denkende Creme‹, deren innerer Monolog glücklicherweise nicht zu hören ist, denn wer weiß, was sie sich über das eine und andere Gesicht so denkt!

wer Gewicht abnehmen wolle, aber an seiner Essenslust scheitern würde, dem könne durch ein amerikanisches Verfahren geholfen werden: mit Drähten werden Ober- und Unterkiefer zu einer Kiefersperre zusammengeschlossen, die unbehindert zu reden erlaube und mit einem kleinen Löffel oder Strohhalm breiige Nahrung aufzunehmen, was einem bald den Appetit verderbe (welch ein Doppelbild, welch eine Karikatur: auf der nördlichen Halbkugel zugesperrte Mün-

der, damit der Vielfraßunersättlichkeit ein paar Tage lang keine gebratenen Tauben zufliegen, auf der südlichen Halbkugel weitaufgesperrte Mäuler, welche ›Hunger!‹ schreien und in welche trotzdem nichts gefüttert wird, weil sie ihren Hunger noch immer nicht satt haben)
die poetischen Irrtümer von Schulkindern. Ritter von Ghega, der Erbauer der Semmeringbahn, habe Selbstmord begangen aus Kränkung, daß ein Waggon entgleist sei, als die Kaiserin Maria Theresia, um ihn zu ehren, zum ersten Mal mit der Eisenbahn über den Semmering gefahren sei – welch eine Raffung österreichischer Geschichte, denn die in einem den Aufprall mildernden Reifrock eisenbahnfahrende Kaiserin ist wohl die Mutter Kaiser Franz Josephs, und welch eine Hommage à Herzmanovsky-Orlando: nicht erst Kaiser Joseph habe mit der Bahnwärterstochter ...
oder der Gymnasiast, der ausführt, Nathan der Weise habe jedes seiner Kinder in einem anderen Glauben erzogen – wer sonst als er der Erfinder der ökumenischen Bewegung!
oder das Kind, das: ›der Schnee beginnt zu sch*e*lzen‹ schreibt, sch elzender S h ee, oder die belgischen Mädchen, die in der Deutschstunde: ›ich bin flei-schíg, du bist flei-schíg ...‹ konjugieren, zu Recht, da Rubens sie aus Milch und Blut gemacht haben könnte
aber auch die als Verbesserung von dir beibehaltenen Fehler des Setzers wie: ›ehe die Wassertropfen an ihrem Gesicht verdu*r*sten‹ oder Verwunderungen wie die, daß ein Briefkasten in einem italienischen Bergdorf die Aufschrift LAVORA! trägt – dergleichen hättest du eher dem Vesuv oder Ätna an die feurige Stirn gemalt zu sehen erwartet
Photographien aus der Jahrhundertwende-Sommerfrischenzeit – welch ein Traum, in welchem eine große Abendgesellschaft nicht wahrhat, daß der Ballsaal, in welchem sie promeniert, Sand ist, das spiegelnde Parkett die langsam steigende Flut; die Freitreppe, welche einige Damen mit gerafften langen Kleidern hinansteigen, ist ein Alpensteig,

und wie mit Blumenrondeaus auf dem Kopf sich ein Weg zu bahnen ist durch den dichten Wald, haben sie wohl den gleich zweckmäßig geschmückten Hirschen abgeschaut!
oder im Ephesus-Museum inmitten von Säulen und Statuen von der an einem Sockel angebrachten Legende »Büste eines bartlosen Heros oder Gottes« in einen surrealen Witz aufzuschauen, da diese Büste aus Schultern, Nacken und Halsansatz besteht, alles Übrige aber fehlt – so gewiß dieser Mann, durch welche Zerstörung auch immer, ohrenlos, nasenlos, augenlos, stirn- und wangenlos, mund- und kinn- und zahnlos ... ist, seit er das Gesicht verloren hat, als kopflos notwendigerweise auch haarlos geworden, so läßt ein einziges schwerlich sich behaupten: daß er bartlos (gewesen) sei, er brauchte ja bloß mit ein wenig zur Seite gewandtem Kopf aus dem Stein gehauen worden sein!
poetisch wie mancher Zeichenwitz das Erschrecken Herbert von Karajans, als er, wie immer mit geschlossenen Augen dirigierend, während eines Violinkonzertes einmal zu Isaac Stern hinüberschaut und voll Schreck, daß auch dieser die Augen geschlossen hat, rasch wieder die Augen schließt – wird er es je wieder wagen, in sein Orchester zu schauen?
die poetischen Augenblicke eines zufälligen Nebeneinanders, das eine tiefere Zusammengehörigkeit suggeriert – von der Autobahn aus linkerhand einen Hochsitz zu sehen und wenig später rechterhand einen Autofriedhof.
die poetische Wirkung von Ausgeburten des Geschmacks, wie einer Obstschüssel aus Murano: fleischfarbig wie eine Riesenorchidee, trichterförmig wie eine fleischfressende Pflanze und überdies mit Blättern oder Zweigen verziert, die als Krakenarme in den Teller ragen – schnell nach einer Kirsche greifen, damit deine Hand nicht festgehalten und in den Schlund gewürgt wird! oder das Plakat mit der auf einer Almwiese weidenden milkablauen Fleckviehkuh – ist ihre Weide mit *der* Flüssigkeit gegossen worden, die Nelken- und Hortensienblüten blau färbt; ist mit ihr und ihrer Milch von

dem industriell verunreinigten Regen auch ihre Schokolade so vergiftet, daß, wer von dieser nascht, mit gleich blauen Flecken aufwachen wird?

manches, dessen Bedeutung nicht zu erfragen ist – zertrampelt der Betrunkene eine Weintraube, weil er, am besten gleich alle Weinkulturen vernichtend, Besserung von Grund auf gelobt, oder glaubt er sich in seinem Kauf genarrt?

Traumbilder selten von der Qualität traumhaft wahrgenommener Wirklichkeit, am ehesten dann, wenn sie sich selber deuten: die Konzertbesucher sitzen um einen Schloßteich, denn ein Streichquintett von Schubert wird von Forellen gespielt, indem diese, Musiker und Streichinstrumente in einem, in schneller oder langsamer wechselnden Positionen ruhig oder bewegt zueinanderstehen und so die Zuhörer die Musik sehen machen – ganz still horchen diese mit den Augen, denn ein sich übers Wasser schiebender Schatten könnte die Solisten davonstieben machen

die Phantasie beflügelnde, Imaginationen auffliegen machende Zeitungsnotizen wie etwa die, in der Provinz Trient hätten, von Adlern attackiert, zwei Drachenflieger notlanden müssen (haben die Adler, von dem Zaunkönig der Fabel inspiriert, der, auf dem Rücken des Adlers heimlich in den Himmel gestiegen, die Wette gewinnt, welcher Vogel der König der Lüfte sei, sich auf *einem* Tragflügel niedergelassen und rastend das Fluggerät aus der Balance gebracht? sind ihre Krallen und Schnäbel so scharf, daß ihnen Segeltuch zu zerfetzen ein so Leichtes ist, wie Beute zu schlagen? kaum daß sie argwöhnen, außer den Jungen im Horst sei ihre Lufthoheit von übergroßen Feindvögeln bedroht, entdecken sie, daß Fleischbrocken aus *dem* zu reißen und mit Flügelschlägen bewußtlos zu schlagen wäre, was wehrlos in der Luft hängt und nichts als fliegende Nacktschnecken ist)

oder die Male, wo man bei Tag in einen fremden Traum gerät, diesen aus Respekt vor seiner Nachtseitigkeit mit Blindheit beantworten möchte, aber dann mit angehaltenem

Atem den Traumwandler zu bewahren sucht vor Erwachen unter kalten Blicken: hinterm Dom von Florenz vor einem Kleidergeschäft eine Auslagenpuppe in einem schwarzen Badetrikot. vor ihr steht ein etwa sechsjähriger Bub, gleich wird er niederknien, greift dann aber hinauf zu ihrer linken Brust und zieht ganz langsam das Schwarz beiseite, bis diese frei vor ihm liegt, betrachtet sie lange mit zurückgelegtem Kopf und läßt sie dann wieder unter die Verhüllung gleiten, entblößt dann mit einer zu Herzen gehenden Behutsamkeit, indem er zuerst ihrem Oberschenkel die rechte Hand auflegt, mit der linken den kleinen Hügel, ganz nahe diesem sein ernstes und angespanntes Gesicht, und streichelt dann, auf den Zehen stehend und sich reckend, ihre Wangen, wobei er, als käme es vor allem auf diese Liebkosung an, zuerst mit den Fingerspitzen ihre langen Wimpern berührt – tröstet ihn diese Berührung für die Enttäuschung, daß nackt und kahl gewesen ist, was er anders vorzufinden erwartet hat, oder will er, ehe sie *ihm* über die Wangen laufen, von ihren Augen Tränen nehmen über die Jahre, die noch zwischen ihnen liegen und noch lange nicht vergangen sind, Traumverkehrung der Ohrfeigen, die er einmal einer anderen für das ihm jetzt und auf immer mit ihr Verwehrte versetzen wird?
mancher poetische Augenblick aber auch ein Blick in poetisierte Monotonie: eine Werkstatt, in welcher ein junger Mann, ehe er seinem vielleicht dreitausendsten Zebra aus Glas den nächsten schwarzen Streifen aufpinselt, einem abgegriffenen Buch sich zukehrt, aufgeschlagen die Zeichnung eines Zebras, und so für lange sein erstes oder zweites Glastier erzeugt
ein durch Bandagierung zu einem Blindenstab gemachter Gehstock – haben den alten Mann zwei Schläge auf einmal getroffen, oder ist dies der Stock seiner beinkranken Frau?
manche Reise ein nur wenige Augenblicke dauernder Augenblick, nichts eine ähnliche Bewegung des Herzens innerhalb zweier Wochen Italien wie zwei Steinstatuen in dem

Garten von Strà, nachdem du wie Traumbefehlen den Anweisungen durch ein Megaphon aus den Verirrungen im Labyrinth ins Freie gefolgt bist: dem Federbusch des Ritters ist ein zweiter aus Efeu gewachsen, das Schwert, das er in der Hand hält, wird, von Efeu besänftigt, nicht einmal durch Efeu schneiden, und der Dame, welcher er sich in geistesabwesender Verzauberung zugekehrt hat, hat sich eine Efeuranke, sie und ihn zu beschützen, über die bloße Brust gelegt, Zartheit, an der gemessen der Wilde Wein ein grober Effekt ist, der sich als Kopfverband und Weinlaubkranz einem Gekreuzigten um die Stirn gelegt hatte, und nach der du dich noch zurücksehnst vor einem Hirschgeweih, das, von der Straße aus gesehen, ein Hirsch ist mit einem rotblühenden Pelargonienbart und rosa Hängemähne

und dann noch, vom Betrachter hervorzubringen, die poetischen Augenblicke nichtprominenter Malerbilder – »Der Disput zweier Astronomen« heißt das Bild eines holländischen Malers, auf welchem vor einer kleinen Abendgesellschaft zwei schwarzgekleidete Herren in theatralischen Gesten gegen Himmel und Erde zeigen, zu ihren Füßen (und eher Traum- als Demonstrationsobjekte) ein Teller mit Käse, eine Flasche und ein Teller mit Rauchfleisch, in der Tür hinter ihnen in einem weißen Kleid und eine brennende Kerze in der Hand eine junge Frau, wohl das wahre Streitobjekt: das milchige Licht, das von ihr weg ins Zimmer fließt, ist Himmels- und Sternenlicht, sie ist der Mond oder der Abendstern

Linderhof

nach der Besichtigung eines der Schlösser, die wie zur Rehabilitierung krankhafter Verschwendung dem heutigen Bayern viel Geld und Devisen einbringen, in seine unterirdische Grotte.
angesichts des in einer Richtung nur zwei bis drei Ruderschläge von zarter Hand zulassenden künstlich angelegten Teiches, der vor allem an einen unter Wasser stehenden Keller gemahnt; inmitten der zu einer Provinzbühnengräßlichkeit der Gründerzeit gewordenen Höhle mit Papiermachéfelsen, beleuchteten Ausgeburten von Tropfsteinen und Papierrosenlächerlichkeiten mit der schockierenden Wirkung von Lourdesgrotten; bedrückt und betrübt von dem Kleistergeruch all des Plunders, als suchte man in der gespenstisch ernüchterten Geisterbahn die nicht mehr auffindbaren Kinderzeitschauer, stellt plötzlich Bewunderung für den König sich ein, seine Imaginationskraft muß größer gewesen sein als die von Kindern und Künstlern zusammen –
welch eine Leistung seine Kahnfahrten durch seine Phantasien, kaum daß er ein Lohengrinkostüm angelegt hatte, von welch königlicher Kraft seine Visionen, wenn diese Pfütze und dieses Kellerloch ihm das Tristanmeer und der Venusberg werden konnten, von welch unbedrohten Tagträumen ist er durch Kulissengewackel ins Mythenreich gerudert worden! und warum sollte es so fiebrig gesteigerter Halluzinationskraft nicht geglückt sein, Gesamtkunstwerke simultan zu spielen, vielleicht hat sie ihn als Lohengrin mit dem Boot näherkommen, zugleich aber auch noch während Tannhäusers Venusbergaufenthalt als Parsifal mit dem Speer durch Tristan und Isoldes Wald zu den Rheintöchtern irren lassen!
(ein Hirschgeweih und etwas Zuckerwatte, sagt einem die Unvorstellbarkeit seiner Kunstabenteuer, könnten genügt

haben, daß ein Weihnachtsschlitten mit einem Hirschgespann den verrückten Schneekönig, die Welt zu erlösen, durch das Waldweben des Tristanwinterwaldes gezogen hätte.
aber gewiß ist er nach manchem Aufenthalt in seinem Wagnerschen Liebesgruftmutterleib wieder in bayrischen Lederhosen, wenn auch mit geschlossenen Augen, an den französischen Rokokoverfeinerungen des Schlosses vorbei in den arabischen Pavillon von der Art der Pariser Kolonialausstellungs-Architektur zu exotischen Genüssen geeilt!)

Tulpenfelder

eine Unzulänglichkeit der Seele die Langeweile, wenn eine anfangs als unberührt bedankte Weite durch Stunden Wald- und Seenland bleibt – die Landschaft verödet, sobald ihre Dimensionen als gleichbleibende Wiederholung *eines* Reizes empfunden werden und es die ermüdete, längst pflichtschuldig »schön!« repetierende Aufmerksamkeit nach einem neuen Reiz verlangt, nach einem Gebirge etwa, damit die Irrfahrt, immer dasselbe Wasser entlang und immer durch denselben Wald, endlich ende.

wenig hat damit die Erfahrung gemeinsam, daß Qualität auch in der Natur durch Quantität entwertet wird; daß die Vervielfachung von an sich Schönem die Wirkung ›schön‹ vermindert, als müßte genauso wie Extravagantes auch Schönes eine Ausnahme bleiben, ja als wäre in der Natur Schönes erst schön neben weniger Schönem als unvergleichbar anderes, sofern nicht wie in der Liebe eine Herzensbewegung vor einem Wiesenstück oder einer Baumgruppe *das* unversehens mit einer Besonderheit auszeichnet, was eben noch ein Gleiches unter Gleichem gewesen ist –

Narzissenwiesen mögen, ähnlich einem durch Bewegung auch in den Farben sich ständig verändernden Gewässer, als gleich schön empfunden werden wie einzelne Narzissen in einer Wiese, aber dort, wo ökonomische Absichten mit der künstlichen Vervielfachung einer Sorte die natürliche Vielfalt beseitigen, ist Naturschönheit dahin: in den als Industriewald wahrgenommenen Fichtenwäldern zum Beispiel, Holzaufmarsch auf totem Boden, oder in holländischen Tulpenfeldern (was dort in üppige Schönheit getrieben worden ist und als Gesamtheit dem Auge ungut ist wie riesige rote Transparente neben gelben Fahnen, ist aus der Nähe ein Nebeneinander von geschwollenen Drüsen, Geschwülsten,

entzündeten Krampfadern, eine Blütezeit von Haut- und Geschlechtskrankheiten)
ähnliches und anderes geschieht, wenn praktizierter Schönheitssinn mit kleinen Eingriffen das Klein-wenig an vorhandener Natur etwas mehr Natur zu werden lenkt – eine von Efeu, Wildem Wein oder Kletterrosen überwachsene Villa mag als DornröschenFriede eines gesunkenen Schiffes von den Vorübergehenden einen Argwohn wie: ›feuchte Mauern? Mäuse und Ungeziefer durch die Fenster hinein?‹ noch fernhalten, aber die vor manchen Fenstern kahler Wohnhäuser eifrig gedüngten Fensterblumen gemahnen in ihrer Hypertrophie und hektischen Röte an die Schwindsucht in Historie gewordenen Kellerwohnungen (noch schlimmer, wenn auch noch Ranken von Kletterpflanzen die nackt in die Wand gesetzten Fenster zu rahmen haben und manche Triebe nach diesen ausgreifen: Unbehagen, aus dem Zimmer eines zu einem Treibhaus gewordenen Toten wachse ein Dschungel ins Freie, und das, was die Fenster feinverzweigt umschließe, seien Rauchschwaden, verkohltes Holz und Aschespuren von einem Zimmerbrand)
oder die ästhetischen Urteile, die sich der Zensur des Herzens beugen sollen: die anerzogene Rührung vor Schwalbennestern, Respekt vor dem Brutpflegetrieb und den auf ihn Angewiesenen, will einen darüber hinwegtäuschen, wie häßlich die weit aufgesperrten weichen Schnäbel sind, häßlicher als ein zahnloser Mund ihre Gier (aber das Mitleid, das sich dagegen wehrt, auch von der Galerie und mit halbgeschlossenen Augen einen Stierkampf als ein Ballett wahrzunehmen)
und auch das schlechte Gewissen gegenüber einem Gott Künstler, wenn einem eine blühende Magnolie zu einer Massenhochzeit allzu großer Schmetterlinge wird, zu Leichenfingern oder zu einem Beuschl, als dürften einem nur menschliche Hervorbringungen mißfallen –
wie viele Sonnenuntergänge im Hochgebirge oder am Meer

sind nicht wie jeder Regenbogen die Frage, ob das, was für die Kunst gilt als aus Naturdetails und aus natürlichen Formen abgeleitete Gesetze, nicht auch für die Natur Gültigkeit haben müßte; ob Naturbetrachtung oder sogar die Natur selbst Schaden genommen habe durch künstlerisch minderwertige Wiedergaben; ob Naturstimmungen, welche einem als die bevorzugten Motive der Kitschkunst Unbehagen machen, als Wirkliches den Beweis erbringen, daß Kunst und auch Natur dort am eindrucksvollsten ist, wo ihre Schönheit an die äußerste Grenze sich vorwagt und durch ihre traumwandelnde Sicherheit die Abgründe entlang uns vor Augen führt, wie weit selbst riskante Effekte von dem lieblich, erhaben oder leidenschaftlich Lächerlichen entfernt sind, dessen gefährliche Nähe sie sucht; oder ob, was an der Natur nicht mehr Gegenstand der Kunst sein kann, lebendig geblieben tot ist.
und die Augenblicke, in welchen, als wollte Natur nicht länger für sich allein betrachtet werden, Natürliches und der Natur abgeschautes Künstliches sich vermengen, den Betrachter verwirrend als ein verkürzter Vergleich – der Opernabend in der Arena von Verona, den du vorzeitig verläßt, auch wenn das, was die Gewitterwolken bedrohlich macht, wahrscheinlich nur BlitzlichtBlitze ist; oder der Ahornbaum vor deinem Fenster, den du, aus dem Schlaf gefahren, als ein sich sogleich aus dem Himmel ergießendes Feuerwerk wahrnimmst, auch wenn bloß ein nächtliches Gewitter ihn als leuchtendes Rot sich verzweigen macht.
oder die Male, wo die Natur solche Vergleiche provoziert, welche die ihr angedichtete Feierlichkeit eine Beobachtung lang unterbinden – so können einem Buchenwälder, wenn man in ihnen spazierengeht, zu vorzeitlichen Riesenechsen und riesigen Elefantenherden werden, gleich hellgrau und an manchen Stellen verdickt und grobzellig zu Wülsten verschoben die stärkeren Stämme wie die Haut an Elefantenbeinen, die schwächeren Echsenleder; oder im Frühling von

einem Buchenhang auf das an manchen Zweigen keimende Grün hinunterschauend, hat man kleine Gewässer vor sich, auf deren Oberfläche oder Grund das Sonnenlicht zittert, oder Teiche, die so von Algen überwachsen sind, daß sie moosige Wiesenflecken sein könnten. aber selbst wenn sich die Äste zweier gleichgeordneter Buchenreihen oberhalb deiner schließen, erinnern sie dich vielleicht an über Täler gelegte und von Betonsäulen getragene Autobahnbrücken, nie aber an Dome oder gar an Richard Wagners Säulenhallen, die zugleich der deutsche Wald sind (dafür sind dir die Eichenblätter im April kleine blonde deutsche Buben, die noch nicht wissen, zu welchen Nazis sie heranwachsen werden, und Wilder Wein an Hauswänden bei geringer Luftbewegung ein Teich Frösche, der sich auf die Wanderschaft macht, bei stärkerem Wind ein Saal mit Jugendlichen bei einem Pop-Konzert, mitschreiend springen sie auf und nieder)

blühende Kastanien. bei Wind schaukeln sich die weißen Kegel in ein immer lustvolleres und einander induzierendes Hüpfen und Wogen, auf und nieder, aber auch hin und her, um, andere streifend oder nacheinander stoßend, aus dieser Berührung in ein neues Steigen zu gleiten, vervielfachter Tanz der drei Grazien einmal, dann wieder ritualisierte Männlichkeitskonkurrenz. und bei Windstille ein blühender Kastanienbaum eine Weltkarte, die die Verteilung der Weltbevölkerung veranschaulicht (Ballungszentren, eine Stadt neben der anderen, dann etwas dünner besiedelte Landstriche und Länder, und dort, wo wenig Licht hingelangt und der Baum am ältesten ist, verlieren sich gegen die Urwälder hin die menschlichen Siedlungen, da und dort ein Einsiedler in der Wüste) – beide Bilder der Zweifel, ob dir jemals vor einer Blüte die Bezeichnung ›Kastanienkerze‹ in den Sinn gekommen wäre

immer noch Skrupel, wenn in der Natur ganz natürlich Vergleiche sich einstellen, als wären sie von Natur aus als eine Folge unnatürlicher Betrachtung so unästhetisch und auch unmoralisch wie Promiskuität, erst recht, wenn sie (scheinbar) weit Auseinanderliegendes zusammenführen: – drei Eichkätzchen, die auf einem Baum hintereinanderherjagen, in einer ganz plötzlich den Umlaufsinn ändernden Kreisbahn – was sonst sind sie als belebtes Fahnenschwingen: ihr Lauf wächst bis zum größtmöglichen Umfang, ein Wenden, und er schraubt sich auf den kleinstmöglichen Umfang zurück, gleich wieder entfaltet sich die fuchsrote Fahne

Knabe und Pferd (Doppelstandbild vor der Wiener Parlamentsrampe)

weiß der Grieche nicht, daß er dem Pferd Zaumzeug und Zügel anzulegen vergessen hat, wird er dies sogleich merken, auch wenn das Pferd, zügellos seinen Traum von Befehlen und Beherrschen mitzuspielen bereit, nicht durch die geringste unbotmäßige Bewegung frei zu sein sich anmerken lassen will, und wird ihm angesichts der sein Erwachen aus diesem Wahn beobachtenden Passanten nichts als eine sogleich als Selbstüberhebung fallengelassene Einbildung in den Händen zu halten so peinlich sein, daß er sich in eine lächerliche, die Wahrheit vergeblich leugnende Traumbewegung zu retten suchen wird?

oder tut der Grieche nur so, als ob er an lockergelassenen Zügeln die Bewegungen des Pferdes überwachte, vertrauend darauf, daß es arglos genug ist, der Haltung seiner Hände und seines Körpers den fehlenden Zügel zu glauben, Kind, das schwimmen lernt und auch schon so lange schwimmen kann, als ihm entgeht, daß die Angel des Bademeisters durchhängt,

ja ist dies vielleicht der Höhepunkt einer besonders kunstvollen Dressur, indem das Pferd eine bestimmte Bewegung des Knaben mit einer solchen zu beantworten hat, die vorgibt, es gehorche einem Ruck an seinem Zügel,

ist dies also der Augenblick, in welchem das Pferd beweisen muß, daß es die an einem Riemen, bald dünn wie ein Marionettendraht und bald nur mehr ein Faden, einstudierte und auch nachts bis zur Vollendung geprobte Übung ganz alleine ausführen kann, sofern sein Herr mit der altvertrauten Bewegung des Es-Zügelns die Vorhandenheit notfalls eine falsche Bewegung korrigierender Zügel vortäuscht und sich dadurch als Dirigent und hilfestehender Vorturner bewährt, stolz das Pferd wie ein erstmals ohne Netz übers Seil tanzender Seiltänzer und ein erstmals freihändig radfahrendes Kind, ein wenig aber auch angespannt und nervös wie ein Schauspieler, der den Souffleur ihm hingebungsvoll zuhören sieht? dann wäre seine zu Kunst gewordene Unfreiheit die Erfüllung des Traumes von Freiheit, ihr Doppelbild, anders als Herr und bei Fuß gehender Hund, ein Liebesakt zwischen Sehnsucht nach Kunst und soeben erwachter Begabung Knabe und Pferd – ist es eines der Kennzeichen der Kunst, daß das, was prosaisch oder Hilfsmittel ist, weggelassen wird und der Betrachter es hinzuzudenken hat, auch um zu überprüfen, ob er die Komposition in allen Details verstanden hat? oder fehlen Halfter und Zügel deshalb, weil es zwar angemessen ist, Tier- und Menschenleiber, eventuell auch eine kleine Tunika, in Bronze abzubilden, Lederriemen aus Metall oder Stein aber fast so lächerlich wären wie in Bronze gegossene Mode wie zum Beispiel die Bronzekrawatte und der Bronzestehkragen des Beethovendenkmals? (hat also der ›Wagenlenker‹ an Kunst gewonnen dadurch, daß er längst nur mehr, als wäre er Zeus, ein Bündel Blitze in den Händen hält?)

wahrscheinlich hat der Knabe deshalb keine Zügel, weil er mit dem Pferd es einzufangen, es zu bändigen, es springen zu lassen bloß spielt und aus Dankbarkeit, daß ihm das Pferd seine Kunststücke vormacht aus freien Stücken, sich dessen Bewegungen anpaßt, um sich an dem Schein zu erfreuen, es gehorche ihm, obwohl es ihn bloß duldet – vielleicht wird hier also von einem so feinfühligen und kunstfertigen Pferd, daß es keine falsche Hantierung an seinem Zügel vertrüge, sein künftiger Herr abgerichtet!

die Parallelität ihrer Bewegungen legt die Vermutung nahe, daß die Musik, zu der Pferd und Knabe ihr Ballett vollführen, die Einfühlung jedes von beiden in die natürlichen Bewegungen des anderen ist – kein Riemen kann zwischen ihnen sein, denn was sie verbindet, ist etwas ganz anderes als Befehl und Gehorsam, und so hat das Pferd an seinem Tanz und der Freude des Spielgefährten solche Freude, daß man nicht besorgt sein muß, es werde, des heiteren Ernstes der Kunst plötzlich müde, diesem sogleich einen Tritt geben (das Standbild heißt ›Der Rossebändiger‹, entnehme ich einer ›Kunstgeschichte Wiens‹, bereits in der Antike habe man ›Rossebändiger‹ und ›Rosselenker‹ ohne Zügel agieren lassen, da das ursprünglich aus Gold gefertigte Zaumzeug immer wieder von Dieben von den Statuen gerissen worden sei)

In einer Technik

I die Bronzi von Riace

ein Badegast, ein Stück ins Meer hinausgeschwommen und nun etwa dreihundert Meter vom Strand entfernt, vermeint durch seine Taucherbrille auf dem scheinbar wenig unter ihm sich erstreckenden Meeresboden eine stark verweste Leiche wahrzunehmen (nachträglich aus seiner Distanz aufgenommenes Schwarz-weiß-Photo, erster Lokalaugenschein) und verständigt die Polizei.
Berufstaucher stellen fest, daß es zwei Statuen sind, eine von Sand ganz zugedeckt und beide von Muscheln und Algen bewachsen (Aufnahme aus größerer Nähe; ein Wüstensturm scheint ein menschliches Skelett freigeblasen zu haben, was daneben liegt, könnte dessen Schatten sein).
die nächste Photographie aber läßt ihre nur griechischen Göttern und Helden eigenen Körpermaße erahnen, welche sich infolge der von ihm unterschätzten Tiefe ihrer Lagerstätte von acht Metern für den Entdecker auf natürliche Größe zurückgenommen hatten.
nach längeren und schwierigen Vorbereitungen werden sie von Sporttauchern, unterstützt von Tauchern der Carabinieri von Messina, gehoben, das wichtigste und so gut wie einzige technische Hilfsmittel sind mit Luft gefüllte Ballons (auf den Farbaufnahmen von ihrer Bergung meist aber nur sie selbst zu sehen) – einmal schnellt ein junger Bursch, als hätte er sich nach einem Trampolinsprung vom Boden eines Schwimmbassins abgestoßen, gegen die Wasseroberfläche, einmal ist es ein Froschmann in einem grünen Trikot, der in bedächtigen Unterwasserbewegungen, verlangsamt wie Schritte über den Mond, aus der Tiefe höhersteigt in helleres Wasser (da bei genauerer Betrachtung dieser Serie aber doch auch Taue auszunehmen sind, scheinen sich die zwei Grie-

chen in eine Gletscherhöhle abzuseilen oder als in Bergnot geratene Alpinisten von Männern der Bergrettung an einem Stahlseil aus einer Wand geholt zu werden, aber vor einer aus geringerer Entfernung gemachten Photographie könnte einem der eine auch zu einem der an Stricken hinaufgezerrten zwei Schächer werden auf einem monumentalen Kreuzigungsbild oder einem als Er selber während der letzten Vorbereitungen für die Hinrichtung zu Herzen gehen). und auf der ganzseitigen Aufnahme, welche sie an große Luftballons gebunden zeigt, werden sie, auch wenn diese Ballons zuallererst Luftblasen sind, welche, an die Oberfläche steigend, die beiden so hinter sich herziehen, wie in skandinavischen Märchen Wildgänse oder Schwäne fast schon Ertrinkende sich an ihre Füße klammern lassen und dann flatternd an Land schleppen, dank dem wie ein Berghimmel blauen Wasser zu Fallschirmspringern, zu Drachenfliegern oder zu Stuntmen, die in einem utopischen Film durchs Weltall treiben – hätte man den Ballon auch so photographieren können, daß die griechische Sage vom Knaben und dem Delphin in ihrer Rettung wiederkehrte?
zwei verschwommene Aufnahmen, und schon gehört einer zur Mannschaft eines Geisterschiffs, während der andere eine Vision von einer Himmelfahrt sein könnte oder ein von der Witterung beschädigtes Wandbild von der Auferstehung.
dann werden, die Unterwasseraufnahmen sind zu Ende, zwei Besatzungsmitglieder eines Untersee-Bootes bewußtlos geborgen, nein, zwei Ertrunkene, die es an einen Badestrand gespült hat, denn einen Schnappschuß später liegen sie in Totenstarre am Strand auf einer Matte, von vielen anderen Badegästen in Neugier und Anteilnahme umstanden.
einige Detailaufnahmen machen aus ihnen Metallgefäße, Schiffsrohre, Taue, Pfähle und Steinplatten, an denen seltene Muscheln, Schnecken, Wasserpflanzen und Algen sich festgesetzt haben,
die Kalkeinlagerungen im Bart oder Haupthaar des einen

und der von winzigen Schnecken bedeckte Fuß des anderen, beides stark vergrößert, reduzieren sie auf Illustrationen aus einem medizinischen Handbuch innerhalb der Abschnitte ›Dermatologie‹ (Pilze, Flechten, Ekzeme, Krebs) beziehungsweise ›Tropenkrankheiten‹ und ›Parasiten‹

und in wieder anderes verwandeln sie sich, sobald die Restauratoren, je nach verwendetem Gerät und bearbeitetem Körperteil, einmal Häfenflicker und Schweißer, dann wieder Leichenwäscher, aber auch Masseure und Friseure sind, der Lötkolben in eines Hand ein Fön.

nach einem unvermuteten Blick in eine Intensivstation wohnt man, ohne es ganz fassen zu können, einer Operation bei, vorgenommen an einem, der sich – wer so kraftvoll aussieht, kann nicht organisch krank sein! – vermutlich beim Sport eine Verletzung zugezogen hat: unter einer scharfen Operationslampe liegt er auf einem schmalen Tisch, über ihn gebeugt ein Mann und eine Frau in weißen Kitteln, beide Staubmasken vor dem Mund, welche einen im ersten Moment als der von einem Angsttraum verfügte Kompromiß aus dem Mundschutz des Operateurs und der Äthermaske des sogleich Operierten befremden und welche auch Gas- oder Tauchermasken sein könnten, sie hält in einer Hand eine lange, dem Auge oder dem Mund des in entspannter Schlafhaltung Daliegenden sich nähernde Nadel, welche überdies durch ein elektrisches Kabel wie der Bohrer eines Zahnarztes einem Fernsteuerungsgerät verbunden ist, während andere Kabel, ob sie nun an den Stromkreis geschlossen sind oder an Sauerstoff- oder Propangasflaschen, in einer schwer entwirrbaren Weise an Narkoseschläuche, Filmaufnahmen und Bluttransfusionen denken machen, wenn nicht sogar an die Erprobung eines Elektrischen Liegestuhles – zu Unrecht, denn zwei Photos später wird der Patient nach einer Röntgenuntersuchung und einem offenbar zufriedenstellenden Herztest, das Mädchen lacht, als gesund aus der Behandlung entlassen.

eine Photographie, die ein Spezialist für Mode- oder für Aktaufnahmen gemacht haben könnte, zeigt sie wiederhergestellt, griechische Statuen sind sie nun plötzlich, deren Nebeneinander die Frage enthält, ob Kastor und Pollux Zwillingsbrüder gewesen seien oder innige Freunde.
und zuletzt (ihr Anblick als Mumien ist einem erspart geblieben) werden die zwei Bronzi auf dem Transport in die erste Ausstellung, die Beleuchtung macht ihre Oberflächen fleischfarben, zu einem Hilfeschrei an eine Organisation wie Amnesty International: durch Gitterstäbe sieht man auf zwei Männer, die nackt und stehend auf engstem Raum gefangengehalten werden, wahrscheinlich ist dies der erste Tag ihrer Haft – von der Beengung ihrer Muskelkraft benommen wie Rilkes Panther starren sie ins Scheinwerferlicht, können den Uniformierten nicht ausnehmen, der an ihrem Käfig lehnt, und werden zu dem Stier, der sogleich aus dem dunklen Holzverschlag in die blendende Helle der Arena gestoßen wird, in tausende fremde und gierige Blicke

II die Pferde von San Marco

die Seilwinde, die eins nach dem anderen (alle vier wie Zugtiere geschirrt und überdies je ein Vorder- und Hinterfuß an einem langen, von der Piazzetta aus ihre Bewegungen wie die eines Herbstdrachens überwachenden Seil festgehalten) von der Kirche herunterholt, damit sie von den lebensgefährlichen Schäden geheilt werden, die ihnen nach einem gut zwanzig Jahrhunderte dauernden Aufenthalt in frischer Luft industriell verunreinigter Regen zugetragen hat, macht sie zu goldlackierten Ringelspielpferden, vor allem aber zum Spielzeug eines Riesenkindes, das den Betrug des Puppendoktors nicht merken wird, da bald nach der Entführung seiner Lieblingspferde natur- und kunstgetreue Kopien an ihrem Platz ihre Paßganghaltung einnehmen werden, während sie

selber (vermutlich aus Rhodos gebürtige und dem Apoll von Delphi als Weihegeschenk dargebrachte Zeitgenossen Alexanders des Großen, aber bald nach ihrer Verschleppung aus Byzanz, einzig erwähnenswertes Faktum des Vierten Kreuzzuges, aus venezianischen Beutetieren zu stolzen Venezianern geworden) nach einem Gastspiel in Mailand und einem nicht ganz würdigen Auftreten in Berlin als Viergespann für die nächsten Jahrhunderte einen pferdestallgroßen, mit Aircondition ausgestatteten Museumsraum nahe San Marco bewohnen werden –
möge ihnen, während sie auf die Piazzetta niedersteigen, keine Erinnerung aufsteigen an ihre mit ähnlichen Manövern eingeleiteten drei Deportationen (Zwangsaufenthalt im Paris des siegreichen Feldherrn Napoleon, Schutzhaft während des Ersten und Zweiten Weltkrieges in Rom beziehungsweise in einem hinter den Euganäischen Hügeln gelegenen Kloster), denn dann müßte ihnen San Marco ein viertes Mal zu verlassen Bange machen um die nächste Zukunft der Stadt und der Welt, als wären sie Ratten und Venedig das als erstes sinkende Schiff!
besucht man sie ein Jahr später in ihrem provisorischen Stall Chiesa San Basso, rührt einen ihre unvermutete Wohlgenährtheit und Ackergaulschwere als animalische Qualität kalten und, getätschelt, dröhnenden Metalls so innig an, daß man es nicht bedauern kann, daß die extreme Untersicht nun dahin ist, welche, als wäre sie vom Skulpteur in einer Vorahnung des nun an ein geplündertes Grab gemahnenden Balkons in seinen Skulpturen mitkonzipiert worden, die Pferde in der Ausübung einer nur Kamelen als natürlich angeborenen und ihnen daher als Kunstschritte-Kunst beigebrachten Gangart geadelt, ja spiritualisiert hat – angesichts ihrer nun beinahe gedrungenen Körperlichkeit wird die Zartheit ihrer Gelenke zu der von Rehen, werden sie selber zu der Grazie, mit der manche Frau ihre Fleischlichkeit bewegt.

an den die Pferde umschließenden Wänden (sie selber stehen auf einem tanzbodenhohen Podest) hängen etwa sechzig Photographien, welche die einzelnen Schritte der Restaurierung dokumentieren –

da das Stallgewölbe Kirche bleibt, in welcher nicht aus Fleisch bestehendes Fleisch zur Schau gestellt wird, gemahnt dieser Bilderzyklus auf einige Entfernung an Kreuzwegbilder, auch wenn die Auferstehung vierfach stattgefunden hat, aus der Nähe auf Augenblicke an das genüßlich wiedergegebene Martyrium von vier Stadtheiligen, aber diese Wirkung hält nicht an:

die Betreuer wertvoller Pferde beruhigen deren Nervosität in den Minuten vor einem großen Wagenrennen – eines bekommt vermutlich ein Stück Zucker, die Gelenke eines anderen werden untersucht und bandagiert, ein glattes Fell wird gestriegelt oder gestreichelt

welch ein Dressurakt, daß eines der Pferde, als wäre ihm ganz behutsam das Genick gebrochen worden, den Kopf so weit rückwärtsdreht, daß seine Nüstern die Wirbelsäule berühren!

schweißbedecktes Pferd, dem eine Decke übergeworfen wird,

Hufschmied, der so zart hantiert, als hätte er eine Löwenpfote vor sich und als wäre er daher Androklus

ein gut verarztetes, mit vielen Wundpflastern versehenes Pferd neben einem mit Striemen und Schrunden, das dann noch übler zugerichtet worden ist, denn auf der nächsten Photographie salben mildtätige Hände seine tief ins Fleisch reichenden Wunden

Vorführung einer Akupunktur für Veterinärstudenten: an der Haut sind *die* Punkte markiert worden, an denen die Nadeln einstechen müssen

Ausbrennen eines Furunkels

ist das, was an Nacken und Schulter Einschüsse aus einer Schrotflinte sein könnte, die leeren Nester ausgeschlüpfter Parasiten, vielleicht bloß vernarbte Zeckenbisse?

Vorbereitungen für eine Kastration oder doch nur für eine Samenabnahme
Lufröhrenschnitt, Kanüle
auf ein Holzgerüst hat man es gebunden, an den Stromkreis hat man es geschlossen und verschiedene chirurgische Instrumente werden an ihm zur gleichen Zeit erprobt, Folterung, die sich als medizinisches Experiment ausgibt: einer in einem weißen Kittel injiziert ihm was auch immer, eine Zigarette im Mund – hat *er* ihm die Brandwunden zugefügt?
kopfloser Panzer für ein Streitroß
der Weinbottich, der von Weinstein gesäubert wird, und die Gletscherhöhle, in die ein Scheinwerfer leuchtet, sind nicht irrtümlich in diese Serie geraten, denn beide Photographien zeigen, wie ihre Bauchhöhlen, den Kopf hat man ihnen abgeschraubt, gereinigt werden: in eine wird ein Gummischlauch eingeführt, in eine andere eine Reisbürste einige Detailaufnahmen –
ein Kadaver, an welchem Studenten der Anatomie Muskeln, Sehnen und Nervenbahnen freilegen und einen über den Begriff ›Vivisektion‹ erschrecken machen. ein durchlöchertes Auge nun ein Krater oder eine hohle Nuß, ein Stück Mähne ein Streifen Meeresoberfläche, ein Ohr allerdings eine Vagina. ein Roßschweif einmal geflochtenes Milchbrot, einmal einander durchdringende Flammen, die auch ein vereisender Wasserfall sein könnten, genauso gut aber auch die stark vergrößerte Wiedergabe einer Tulpenzwiebel, eines Getreidekeimlings.
was zuerst Striemen war, wird im Detail zu Spektralaufnahmen eines keratologischen Institutes, das die Zweckmäßigkeit bestimmter Behandlungsmethoden von Haarausfall oder Spliß überprüft, und die feinen patinierten Oberflächenrisse sind nun zarte Schilfgräser und grüne Netze, die als ein wogendes Gerüst eine goldene Wand oder die Sonne selbst emporsteigen.

und dann die Photographie, die all dein Mitleid wachruft mit der dem Schinder Mensch preisgegebenen Kreatur: der Schlauch, mit welchem eines abgespritzt wird, bleibt unsichtbar so auf das Pferd gerichtet, daß es, von Schmerz benommen oder aus Angst vor dem nächsten Schmerz, Wasser läßt, Erinnerung an den Kampfstier, der blutüberströmt und schon wankend im letzten ihm aufgezwungenen Anrennen gegen den stümperhaft schon zu lange dauernden Tod und Todeskampf innehielt und diesem Drang, Andrang seiner Erschöpfung, nachgab, Blut und Wasser tritt aus, Schlauch der Schlachthöfe, denn sogleich könnten diese dünnhäutigen Pferde nacktes Fleisch sein, dem der Fleischbeschauer Trichinenproben entnehmen wird –
damit dies nicht geschieht, willst du den Rundgang bei einem der wie Pegasus in der Luft schwebenden PhotoPferde enden lassen, warum sollte es dir nicht zu einem auf San Marco gehievten Trojanischen Pferd werden, das im Namen der wiedererweckten Antike auch die Engelsburg einnehmen wird, warum nicht wenigstens zu einer am Ostersonntag mitauferstandenen Grabbeigabe dessen, der auf einem Esel in den Tod eingeritten ist?, aber da stehst du vor der Photographie, auf welche dir vorhin der Blick verstellt war, sie zeigt die vier Pferde in bodenlangen und wehenden weißen Mänteln –
dienen sie einem Ritterorden; vollführen sie in diesen Kleidern einen ansonsten Schimmeln vorbehaltenen Tanz oder sollen sie sich nach einer erhitzenden Schlacht genausowenig verkühlen wie Fiakerpferde, welche, in Decken gehüllt, auf Kundschaft warten? aber da auch ihr Kopf verhüllt ist, als wären sie Femerichter, tragen sie das Bußgewand spanischer Bußprozessionen über der selbstbewußten Freude, daß ihr heiliger Aufenthaltsort und ihre Tortur sie dem dreieinigen Gott so wenig gewonnen habe, wie ein aus drei Männern zusammengesetzt durch die Manege torkelndes Pferd ein Zirkuspferd ist

Maler mit Staffelei

Reportage über Paris. eine Schwarz-Weiß-Photographie (über ein blasses Halboval hinweg, das eine an eine Brücke gemauerte Steinbank ist, sieht man auf die Seine, auf einen Schleppkahn und eine der alten Brücken hinunter) zeigt en face einen Maler, der in der Mittagsonne zur Linken seiner ebenfalls dem Betrachter zugekehrten Staffelei sitzend vor sich hindöst, wenn nicht sogar schläft, die neben ihm auf der Steinbank auseinandergeklappte Tasche mit seinen Utensilien länger als eine flüchtige Wahrnehmung lang ein an ihn herangerückter Kinderwagen.
da die Leinwand entweder unberührt geblieben ist oder mangels einer Nachbelichtung der Photographie in der Überhelle des Sonnenlichtes unberührt geblieben zu sein scheint, da aber auch das zugleich entspannte und nachdenkliche Mondgesicht des Malers und sein kahler Schädel, verlängert durch die gesenkten Kopfes noch höhere Stirn, von fast gleicher Leere ist und überdies seine Rast- oder Schlummerhaltung sich ausnimmt, als hätte er sie im Halbschlaf der Staffelei abgeschaut (deren verspreizte Beine wiederholen sich in den seinen; die Einheit von Leinwand und Staffelei kehrt traumhaft wieder in der Art, wie dem horizontal gegen die Körpermitte gedrückten Unterarm der Ellbogen des vertikal geführten anderen Unterarms aufsitzt, dessen Hand auch noch sein Gesicht zu einem halbgerahmten Portrait macht, indem sie eine Wange und das Kinn mit dem wie horchend ans Ohr gedrückten Handteller und den an die Schläfe reichenden Fingern beziehungsweise mit dem rechtwinkelig abgespreizten Daumen stützt), möchte man vermuten, einen Künstler vor sich zu haben, der trotz allem Bedürfnis nach der Hervorbringung von Kunst und aller Begabung zur Kunst sich niemals dazu haben wird, seine Kunst für fremde Augen sichtbar zu machen –

als sein Kreuz, als sein ungeborenes, weil noch nicht gezeugtes Kind schleppt er sein Lebtag lang Staffelei und Leinwand von einem Platz zu einem anderen, den richtigen Blickpunkt für seine Vision zu suchen, und sobald er sein Motiv gefunden zu haben glaubt, Motiv, mit der Idee durch die Tat endlich ernstzumachen, läßt er sich erleichtert und doch gleich wieder von seinem künstlerischen Gewissen so geplagt, als wäre der erste Pinselstrich gefährlich wie eine Fehldiagnose und daher wie ein Todesurteil zu bedenken, wie einstmals neben seinem ersten Mädchen nun neben der Staffelei nieder, welche, auf das Abzubildende ausgerichtet, seine Hoffnung wiedergibt, sie würde dadurch zu einem magischen Auge werden, welches das in ihrem Gesichtsfeld Liegende auf ihrer Netzhaut verkleinert sichtbar macht, oder durch seine Gegenwart befähigt sein, als ein wunderbares Schirm-, Schatten- und Lichtbild den Eindruck ihres Meisters sich einzuprägen ohne die dem Schweißtuch eingedrückten Schmerzen –

um nach inneren Stimmen zu horchen und keine Zerstreuung seiner Sammlung zuzulassen, legt er die Hand vors Ohr, schließt er die Augen und senkt er den Kopf, von neuem hoffend, daß hinter der der Sonne oder dem Mond dargebotenen Stirn in der Dunkelkammer seiner Gedankenhelle *sein* Bild erste Gestalt annehme und, seiner Gefühlsbewegung darüber entsprungen, als ein Nachleuchten eines Genieblitzes auf die Leinwand sich übertrage und seine Brandspur *dort* hinterlasse, wo vorderhand nichts wiedergegeben wird als das angespannte Warten auf den Sternstundenaugenblick, in welchem die noch wie Wolken über seine Imaginationen hinwegziehenden inneren und äußeren Bilder plötzlich zu einem der Sternbilder zusammenträten, deren Abbilder dann als Kunst gewordene Ewigkeit für den Betrachter den Stillstand der Zeit bedeuten.

noch aber scheint die Sonne seine Gesichte auszubleichen

und Mondlicht sie zu löschen wie ein im Regen vergessenes Aquarell der Regen
(ein Umkehrbild dieser Photographie einige Wochen später in Venedig, ein Lebendes Bild – fünf Maler sitzen vor ihren Staffeleien am Canale Grande, schauen malend und sich unterhaltend auf die Schiffe hinaus, aber was sie malen, wohl zum hundertsten Mal, ist auf allen fünf Bildern der Dogenpalast, einmal erst begonnen, einmal fast vollendet, nie dreht sich einer von ihnen um, um zu sehen, ob dieser ohnehin noch da ist)

Schneelandschaft

dir die WartezimmerBange zu vertreiben, blätterst du in einer illustrierten Zeitschrift, willst endlich in einer klaren Winterlandschaft verweilen, aber noch während du vor ihr einhältst, geht von dieser aus kleinen Schneemugeln zusammengesetzten Ebene, deren mondnachtblaues Licht mehr aus ihr selbst zu steigen scheint als aus dem wolkenlosen Himmel zu strömen, eine Warnung aus, daß du sie auch schon aus deinem Blickfeld gekippt hast, um sie dir als ›Dünenlandschaft im Schnee‹ zu erhalten, sollen die Dünen ruhig bloß zugeschneite Maulwurfshügel sein oder statt verschneiter Jungwaldwipfel bloß von frischem Schnee verhüllte Wurzelstöcke eines kürzlich geschlägerten Waldes, ja möge dich an dieser gar so stillen Natur etwas wie Künstlichkeit nur deshalb befremdet haben, weil sie nicht einmal Nachahmung von Natur gewesen sei, sondern nur wie Natur photographierte Zuckerschaumgupfen auf einem Backblech!
dann blätterst du wieder zurück, um einen flüchtigen Blick lang die seltsam schwebende Schneelandschaft zu dem Rundblick eines Bergsteigers zu erklären, zu einer von den Schneekuppen eines Gebirgsmassivs durchstoßenen Nebeldecke oder einer dünnen Nebelschicht, auf welche sich Wolkenhügel gebettet haben, willst sie als den schönsten Augenblick während eines Rundfluges über Alaska oder den Feuerlandinseln wiedersehen, als wäre sie dadurch vor einem Zusammenbruch zu retten, und du würdest dich von Herzen gern mit einer Enttäuschung wie der befreunden, daß ihr Dornröschenfriede ein eingeschneiter Parkplatz ist, auch wenn es wahrscheinlicher wäre, daß du im Widerschein hellen NachtschichtLichtes eine Industriehalde mit Aschenhaufen als zeitgemäße Weihnachtslandschaft ja und nein hingenommen habest.

aber was hilft es, deinem Unbehagen falsche Bildlegenden anzutragen, das Bild, welches du nun als eine Buckelpiste vor dir sehen willst, die, von den Schifahrern in Ruhe gelassen, in einen Neujahrsmorgen hineinschläft, ist weder in Eisschollen zu verwandeln, denen das unter einer dünnen Schneeschicht beginnende Schmelzen alle Schärfe genommen hat, noch in einen Lavastrom, dessen Verebbtsein und Versteinern eine so ausgekühlte Kruste kundtut, daß keine NeuschneeSchneeflocke mehr zerrinnt,
du hast dich von den flaumigen bauschigen Schlagobershügeln nicht täuschen lassen, hast bloß dieser aufgeschüttelten Bettpolsterebene und Schafwolldeckenherde den Kältetod nicht glauben wollen, und unglaubhaft bleibt auch bei genauerer Betrachtung, daß das Innere all dieser weichen Daunenschlafhüllen nie mehr den Schnee vom wärmenden Gefieder schütteln wird, sondern steif gefrorenes Fleisch ist – bis an den Horizont erstreckt sich die Friedhofslandschaft stillgelegter Boote, denn zu tausenden sind sibirische Singschwäne in ihrem Winterquartier, einer japanischen Bucht, an dem durch ungewöhnliche Kälte vereisenden Wasser angefroren, immer die zwei, die ihr Leben lang beisammen waren, noch schnell zusammengerückt und Seite an Seite fast eines Leibes erfroren, mögen sie, einander erwärmend mit ihrer Vertrautheit, ihr Erkalten als das blaue Licht einer Frühlingslandschaft verschlafen haben, miteinander unter leichtem Schneefall eingeschlafen, so leicht entschlafen sein, wie ihre Körper zu schwer waren, aus dem Sterben aufzufliegen, welch ein Schwanensee ihr Grabhügelland, Erinnerungsbild für die in der eisigen Beresina ertrunkenen napoleonischen Soldaten und Gedenken für all die auf Winterfeldzügen Zugrundegegangenen.
die ganze Totenherde hat, als hätte der Tod ihr befohlen, ihm nicht ins Auge zu sehen, den Schnabel unter einen Flügel geschoben, die Augen nur zweier Todesschläfer sind, nicht zugedrückt von Schnee, aufeinandergerichtet geblieben, ein

einziges Paar, möge es sich die Todesnacht mit Liebe vertrieben haben, hat überlebt, es schaut verwundert in die es umschließenden Schwanenwolken, ihre Hälse die Kirchtürme eines eingeschneiten, eines von einer Lawine verschütteten Dorfes
(im Bericht keine Zeile, daß der Reporter ihr Todeslager zertrümmert hat)

Baum und Fenster

sooft du, müde vor Erleichterung und matt von den zu Ende gegangenen Schmerzen, dich dem Fenster zukehrst und über die Tiefe des kleinen Spitalsgartens hinwegschaust, nach zehn Tagen Abwesenheit von Natur und Kunst inmitten Häßlichkeit für Schönes gewiß empfänglicher als an anderen Tagen, siehst du in einem der Fenster des angrenzenden Traktes, es ist so hoch und dreiflügelig wie das deine und durch je zwei schmale Querbalken in drei mal drei quadratische Fenster unterteilt, das Spiegelbild einer vom Bett aus bloß als wenige Zweige und Blätter und nur bei starkem Wind als volles Rauschen wahrnehmbaren Pappel, siehst du das Kernstück einer offenbar unbehindert wie in einer Au zu voller Größe herangewachsenen Pappel sich spiegeln, ein Stück Stamm und einen Teil der die Höhe des Fensters noch um einiges überragenden Krone, im linken und mittleren Fensterflügel auch etwas Himmel.

und sobald du dich dann an der Ruhe oder der Bewegung dieses Bildes regenerieren fühlst, als wäre es behutsam ausgewählte Musik, weißt du, du würdest an Tagen solcher Reduziertheit, wäre zwischen der wirklichen Pappel und ihrer Wiedergabe zu wählen dir freigestellt, dich für die Wiedergabe, und sei es ein Schattenbild, entscheiden, weil geschwächte Natur eher an Kunst oder Kunstverwandtem zu genesen hofft als an ungebrochener Natur, am besten an einer Natur, welche, zwar Natur geblieben, aber an die Kunst herangeführt, in der Gestalt von Kunst auf dich einwirkt, stillgelegt ihre Unmittelbarkeit wie durch Verbände und Medikamente deine Schmerzen und besänftigt von ihren leisen Bewegungen deine Angst vor neuem Schmerz bei der kleinsten Bewegung –

durch das Fensterbild der Pappel wird dem OrdnungsSinn Auge, ja der Ordnungswut des Auges insofern Genüge

getan, als dieses, statt wie ansonsten durch die ihm aufgrund seiner Konstruktion und Lage eingeborene Begrenztheit des gleichzeitig Wahrnehmbaren zu einer ihm anheimgegebenen und daher subjektiven Einengung dessen genötigt zu sein, was vor ihm liegt, diesmal angesichts des Übrigen, nichts als kahle Wände, keine Auswahl des genauerer Betrachtung Verfügbaren treffen muß, diesmal nicht zwangsläufig als schön oder weniger schön dadurch befindet, daß es dies oder jenes Fluktuierende durch besonderes Augenmerk inniger als anderes festhält,
denn diesmal darf das Auge entgegen seiner aktiv-besitzergreifenden, durch Selektion und Zentrierung Einzelheiten aus einer Vielfalt sich aneignenden Natur die natürliche Passivität des Ohres und die Friedfertigkeit deiner Rekonvaleszenz teilen,
und das an den Mauern deines Fensters verebbende Interesse, mehr als den Fensterbaum zu sehen, macht dich mit der geplanten Ferienreise auch das Bedauern vergessen, daß das Gesichtsfeld aufgrund der Krümmung der Erde ›endlose Weite‹ auch dann nicht kennt, wenn kein Berg und kein anderes Hindernis freier Sicht die Sehstrahlen begrenzt, als wäre die vom freiesten Horizont beengte Neugier des Auges für immer entschädigt davon, daß die Schallwellen der Pappel von kleinen Wellenbrechern wie angelehnte Fensterflügel und zugezogene Vorhänge unbehindert zu dir dringen und dies gedämpfte Rauschen auch nachts und im Halbschlaf dir sagt, daß du lebst,
an deiner Statt hat (wie so gern du mithilfe eines Fernglases) ein sich auf eine Teilansicht beschränkendes und unruhig Schweifendes mit Geraden beschneidendes Fenster *dem* einen Halt gegeben und eine der Kunst eigene Dauer, was als Wirkliches in der Wirklichkeit vom darüberhinwegziehenden Blick, selbst wenn dieser aus Wohlgefallen eine Zeit lang dort verharrt, zu Vergänglichkeit bestimmt wird, als hörte jeder Baum zu existieren auf, von welchem du dich abkehrst,

von einer mit weißem Holz gerahmten und mit weißen Holzleisten in mehrere Einzelbilder zerlegten Glaswand siehst du in einer vollkommenen Flächenteilung an einem Ausschnitt Baum die Schönheit einer bestimmten Pappel und aller Pappeln und auch anderer Laubbäume sichtbar gemacht, so vollkommen, als hättest du nicht bloß einen sich selber abbildenden Baum vor dir, sondern die Vision eines holländischen Malers, ihm zuteil geworden in dem Erkennen, mit welcher Hingabe ein Baum gemalt werden müßte, damit sein Bild, mit Natur beseelt, in sachten Bewegungen plötzlich in allen Zweigen und Blättern sich rührt –
in einer Anlehnung an René Magritte möchtest du ›Dies ist und ist nicht eine Pappel‹ über die Fensterscheibe schreiben, sosehr ist der Baum gebliebene Baum ein oder sein Bild geworden, eine dem Original so lebensnahe Reproduktion, daß diese jenes nur ein Nachbild lang überleben könnte, Lichtbild, seinem Urbild über einige Meter hinweg so innig verbunden wie ein Schlagschatten.
deine Schmerzempfindlichkeit und deine Isolation machen dich die Künstlichkeit dieser Pappel bedanken als tröstlich zarte Natur und als deine Gefangenschaft teilenden Beistand der Kunst –
das Glas, auf dem ihr Bild liegt oder das ihr Bild ist, ist auch die Leinwand, auf welche Diapositive geworfen werden, festhaltend vielerlei ›Verweile!‹ über die ihnen zugemessene Zeit hinaus, dann wieder, wenn Wind aufkommt und eine Wolke in den Himmel rückt, der Bildschirm, auf welchem ein mit Bedachtnahme auf die langsam heilenden Wunden ausgewählter Farbfilm zu sehen ist (der ermattet in den Schlaf davongetragene Patient soll, ins Leben zurückgekehrt, nicht merken, daß er einige Filmsequenzen versäumt hat, soll an dem Genesung verheißenden Wechselspiel zwischen Ruhe und Bewegung in den Zweigen seine Atemzüge sich beruhigen und seine Erneuerung mitatmen fühlen und in dem leisesten Hauch, der über die Blätter geht, unter dem

Wundpflaster die Heilung heranwachsen wissen), ein für die ans leere Spitalsweiß gewöhnten Augen so dunkel kopierter Film, daß das Fenster auch die Sonnenbrille ist, durch welche du zwischen Wachen und Schlafen den Baum betrachtest, den du nicht siehst.

dieses Fenster ist aber auch der Blick auf einen glatten, das Ufer spiegelnden See, auch die zwei Glasplatten, zwischen denen festgehalten Vegetabiles durch ein Mikroskop betrachtet wird, oder die Halbschlafverwunderung, daß in diesem Spital die Bewegungen von mit Längs- und Querschnitten zerstückelten und mit weißen Bandagen verbundenen Bäumen auf einem Schirmbild überwacht werden, bis diese wieder ganz sind, so leicht wie diese Bäume bewege man sich nur ohne Schmerzen, und welch ein Pappel-Palmenhaus, welch eine Auwald-Orangerie, wenn einer ihrer Fensterflügel ein wenig offen steht!

manchmal wenn du aus der Benommenheit auftauchst und hinüberschaust auf das Bild, das offenbar einer gemalt hat, der besser sieht als andere, und das daher, gemalt zu werden von ihm für wert befunden, der Wertschätzung aller Betrachter sicher sein kann, bist du auch wieder das Kind, das soeben aus den mit bunten Einzelbildern beklebten Bausteinen eines der sechs Gesamtbilder, einen Wald, zusammengesetzt hat, nicht für lange, denn noch während der Entdeckung, daß die in die Zweidimensionalität gerufene Pappel, so sehr der trägen Lust auf- und niederschwappenden Wassers angenähert, als beobachtetest du das Miteinander von Wellen und Wasserpflanzen, die sinnliche Qualität im Wind sich hin- und herbewegender Bäume noch deutlicher sichtbar macht als diese selber, bist du auch schon einer, der, verborgen in einem dunklen Zimmer, einer Pappel heimlich ins Fenster schaut.

(genau ein Jahr darauf, von einem Hotelzimmer schaue ich mit Fieber zur Hinterwand der Dépendance hinüber, weiß ich dem Fensterbaum neuen Dank – hinter einem der nackten

Fenster, schwarz wie eine Höhle, ist eine Gestalt, bedrohliche Fieberausgeburt, auszunehmen:
zuerst probiert sie, weit vorgebeugt, einen braun-grünen Federn- und Blumenhut, lüftet dann, unversehens sich zurückwerfend, üppige Unterkleider, ist sogleich ein über und über in einem Federkleid steckendes altes Weib mit Vogelschnabelmaske, dir aufzulauern mit fahrigen Bewegungen, und sooft diese FetzenfedernErscheinung, einmal schwarz, einmal grünlich, ruhig hält, wird sie zu einem noch bleicheren, sofort etwas torkelnden Schuppentier, zu einem gegen Schlingpflanzen sich wehrenden Wassermann, dir drohend wie die giftgrünen Maschinenwesen vom Balkon der Geisterbahn,
und selbst als dann unter einem kräftigen Windstoß der Spuk in das Spiegelbild mehrerer davor auf- und niederschnellender Eschenzweige zerfällt, bleibt die bemooste Wasserspeierfratze bei schwachem Wind so abstoßend-anziehend für deinen Blick, daß du erleichtert bist, als endlich eingeschaltetes Licht die Eschenechsenhexe löscht)

einem dir auf den ersten Blick lieb gewordenen und seit der ersten freien Verwendung unentbehrlichen Eigenschaftswort, von einem Schulkind dank der Verwechslung zweier oder dreier artverwandter Zeitwörter als deren Kreuzung hervorgebracht, wolltest du gerne zu einer Karriere verhelfen in der Kunstkritik und Kunsttheorie, welcher Sparte auch immer –
der Schmelz dieses die Seele kitzelnden Kinderwortes könnte Kunstrichter und Kunstlehrer in ihrer Aversion gegen *eine* fragwürdige Qualität manchen Kunstwerks milder stimmen, und außerdem würde ihnen die Freude an Beredtheit und am Kunstjargon verleidet, da die Lautgestalt dieses Wortes das augenfälligste Merkmal des Stils enthält, der somit durch bloße Benennung charakterisiert ist:
es heißt ›geschmeiselt‹ und findet sich in seiner Urbedeutung in der Bildbeschreibung eines zehnjährigen Mädchens, das seinem Eindruck von einem Bilddetail eine Phrase wie: ›kunstvoll gedrechselt‹, ›schön geschnitzt‹, ›reich mit Holzfiguren geschmückt‹ oder ›wunderbar gemeißelt‹ abzwingen möchte, tief beeindruckt aber (und vielleicht auch unschlüssig über das Material des ehrwürdigen Objekts) sich für den Satz: »die Kaiserin Maria Theresia sitzt auf ihrem herrlich geschmeiselten Stuhl« entscheidet, möglicherweise von dem ›Geschmeide‹ in Märchenbüchern in seiner Wahl bestärkt
›geschmeiselt‹ wäre kunstgewerblicher Techniken sich bedienende Kunst, ›geschmeiselt‹ barock und glatt Geratenes eines expressionistischen oder abstrakten Bildhauers, Verse, die ihr Dichter aus Marmor geformt haben will, die aber, vor allem ihren der Zeit entgegengestellten Adel besingend und ihre Vokalität, eher aus Talg sind, ›geschmeiselt‹ die postsurrealen Produkte, die im Auftrag eines Couturiers oder Zuckerbäckers als Auslagendekor angefertigt worden sein

könnten, die Sprache mancher Denker dann, wenn sie in selbstgefälliger Manier simple Einfälle und Gedanken, großartig drapiert, großartige Einsichten und Denkfiguren vorgeben lassen, ›geschmeiselt‹ der faule Zauber mit überkommenen Mitteln veranstalteter Poesie, ziseliertes Weltbürgertum; was sich als spätaristokratische Müdigkeit und Verfeinerung aufwirft, aber in allen Bildern angestrengter Bedrohtheit und ätherischer Blässe feintuerische Kunstschwäche ist; Musik, die beim zweiten Anhören nicht mehr ist als beim ersten ›schön‹; manches Bühnenbild, manch stilvolle, Tradition zelebrierende Wohnung, die Manier mancher Solisten und die Spielweise und der Plüsch-sound eines berühmten Orchesters, von . . . dirigiert; manche Filmsequenzen als ein Zu-viel an Übereinstimmung von alten Meistern nachempfundener Bildkomposition, Beleuchtung und mitmalender Musik; was ohne ›edles‹ Material nicht sein Auslangen findet, also alles das, was Kunst ist durch seine ferne Nähe zum Kitsch und zu Recht und zu Unrecht an die Elfenbeinsäulen gemahnt, die manche Fleischhauer vor hohen Feiertagen als Auslagenschmuck aus glänzendem Speck und Schmalz erzeugen, und etwas geschmeiselt auch dieser Text

(aber auch die Hervorbringung eines anderen Kindes hätte viel für sich – nicht bloß die Rede oder die Musik, die es gehört hat, ist ›schwuchtig‹!)

Stimmen

I

das Orchesterstimmen, solange erst wenige Musiker im Orchesterraum sind, das allmähliche Erwachen des Waldes: vereinzelte Vogelstimmen suchen sich aus dem Schlaf zu singen, lassen sich aber immer wieder in das Traumgemurmel der anderen zurücktragen; je mehr sich jedoch das Orchester füllt, desto plötzlicher ist es die Nervosität der Pferde vor einem großen Rennen geworden, ungeduldiges Getänzel hin und her und vorwärts und rückwärts und ansteckendes Gewieher und manchmal auch Scharren, ein Sich-Aufwärmen der Abfahrtsläufer am Start, das Probeschießen einer Batterie vor dem Sturm auf die Festung und ein letztes mit Zeichen und Zurufen sich verständigendes Herumgehüpfe derer, die sogleich zu schwierigen Kunststücken in die Manege gerufen werden werden.

läßt man sich von ihm nur anwehen, hört es sich, konstant wie seit Generationen Schwimmbadlärm mit den plötzlichen Aufschreien inmitten gurgelnden Klatschens und wie die homophon summende Vielstimmigkeit in Zweierreihen vorüberziehender Kindergartengruppen, jedem anderen Orchesterstimmen so gleich an, als wäre es ein allabendlich zur Einstimmung und Erregung der Besucher als Vorouverture gespieltes Musikstück, das vorgibt, improvisierte Nichtmusik zu sein, indem es, reiner Gegensatz zu ProgrammMusik, nichts wäre als die Bearbeitung des Einfalls eines der Askese gewonnenen Komponisten, die Instrumente ihre technischen Möglichkeiten in nacktester Uninspiriertheit besingen zu lassen, genau kalkuliert allerdings das nur scheinbar scheinbar willkürliche Pausieren dieses oder jenes Instrumentes, sobald das Prinzip totaler Koordinationslosigkeit vom zufälligen Zusammenklang mit einem anderen verletzt zu werden drohe, und genau kalkuliert die leere Wiederholung einer Tonfolge dort, wo diese von einem (dadurch sogleich erstickten) Einfall vom Boden abheben und, auffliegend in ein ergreifendes Thema, in den Himmel steigen wollte,

mag auch vor jedem Konzert und vor jeder Opernaufführung jedes Instrument in immer gleichen, vermutlich einer bewährten Abfolge unterworfenen Tonsequenzen und Tonfiguren seine Tagesverfassung erproben und in gleichbleibenden Wiederholungen seinen Klang auf das Ideal hin korrigieren und der einzelne Musiker durch seine Konzentration auf die von ihm (wie Herztöne und Schmerzenslaute von einem Arzt) viele Male er- und befragten Antworten seines Instruments den Anschein erwecken, er wolle das Testprogramm der anderen stören und sie vom Trainingsplatz vertreiben.

horcht man aber genauer hin, ist das Orchesterstimmen immer auch ganz anders als die anderen Male, ähnlich nur dem Stimmen vor dieser einen Musik, indem es das Lampenfieber und die Vorfreude all derer, welche in wenigen Minuten musizieren und zuhören werden, hörbar macht: schwierige Passagen des bald beginnenden Abends blitzen auf, heben sich, gleich wieder verdunkelt, für ein kleines Flügelschlagen aus dem Chaos in die Lüfte der Landschaften, die nach dem Willen des Komponisten und des Dirigenten bald wiederaufgebaut werden werden, sind fast heimliche Verheißungen dessen, wofür du gekommen bist, und sooft dies Wiedererkennen oder dies erste Ahnen einer dir noch fremden Musik geschieht, überläuft dich ein kleiner Schauer, mit einer heimlichen Zärtlichkeit hat die Musik, die erst sein wird, dich angerührt, damit du, dieser Abend wird gewiß sein!, deiner Ungeduld in kleinen Herzensbewegungen nachgibst –

zugleich aber könntest du, wenn nicht viele andere, vereinzelt auch noch Musiker, erst langsam ihre Plätze aufsuchten oder, über Programmzettel, Partituren und Notenpulte gebeugt, nicht noch miteinander redeten, einem Albtraum beizuwohnen argwöhnen: dem Albtraum eines Orchesters, welches, des Dirigenten und vielleicht auch der Noten verlustig, die großen und ungleichen Lücken zwischen kleinen Erinnerungen an die Musik, die es zu erwecken hätte, aber nicht und nicht erwecken kann, mit irgendwelchen Tonfolgen füllt, immer noch hoffend auf ein Erwachen,

oder würdest du, wenn du Musik nur von Schallplatten kenntest, das nichtgeträumte Traumentsetzen miterleben, daß dir die Fähigkeit, Musik als Musik zu hören, ganz plötzlich abhandengekommen sei, daß du aus der nur für dich sogleich ganz erblindeten Musik immer seltener zusammenhängende Töne heraushörst?

wie oft das Bedauern, daß es zwar Vogelstimmen und Ausschnitte aus Orchesterproben berühmter Dirigenten auf Schallplatten gibt, aber keine, auf welcher festgehalten wäre, wie verschieden sich die einzelnen Orchester auf ein- und dieselbe Musik einstimmen, ja wie unterschiedlich sich selbst das Stimmen *eines* Orchesters anhört, wenn es, auch auf dessen Eigenart sich einstimmend, unter diesem oder jenem Dirigenten beispielsweise ›Tristan und Isolde‹ spielen wird – wer weiß, welch unentdeckte Gesetzmäßigkeiten und verblüffende Harmonien oder Disharmonien in diesen freien Variationen vertrauter Themen nach mehrmaligem Anhören als dieser Musik eingeboren zu erkennen wären, ob und wie sehr die Manier des jeweiligen Komponisten auch in den scheinbar beziehungslosen Erprobungen der Instrumente sich ausdrückt, und sei es wie in einer Karikatur, ja ob solch ein Orchesterstimmen Neues aussagen könnte über die Entwicklung der europäischen Musik!

und sooft du die Oper oder einen Konzertsaal betrittst, denkst du mit Sympathie an den orientalischen Potentaten, der vor vielen Jahren nach einem Besuch der Hofoper vielleicht mit Heimweh gesagt hat, am schönsten sei das Stimmen der Instrumente gewesen

II

Live-Mitschnitt ... aus dem Jahr ...
der Dirigent ist lange tot, die Sopranistin hat ...ten Todestag, der Bariton muß damals schon ein alter Mann gewesen sein, die anderen Solisten sind nur mehr eine vage Erinnerung an ihre Namen, kein einziges Orchestermitglied wird noch spielen, es sei denn, es wäre damals sehr jung engagiert worden – dergleichen Gespensterkonzerte, manchmal rauschende oder leiernde Schattenmusiken und verzerrte Stimmen aus dem Jenseits, sind einem vertraut, und nur wenn man selber zu dieser Zeit schon Konzerte besucht hat, rührt einen aus solchen Dokumenten die Vergänglichkeit an.
aber während so einer Rundfunksendung, Aufführung gleichsam zum Gedächtnis all derer, welche an ihr mitgewirkt haben, aus dem Publikum, dumpf gegenwärtig durch Nebengeräusche wie Räuspern, immer wieder einen Unbekannten husten zu hören, ob ihm nun die Anstrengung, gegen seinen Zwang zu husten anzukämpfen, anzuhören ist oder nicht – plötzlich ist einem das Konzert zum Requiem für einen Namenlosen geworden, der einmal noch diese Musik hören wollte, und wenn er tatsächlich schon gestorben ist, so lebt er in dieser Aufzeichnung ungeliebt weiter, wie am Aufführungsabend von den bei ihm Sitzenden fortgewünscht als ein lästiger Kranker, er wird vermutlich, sein Husten und Gehüstel am ehesten das eines alten Mannes, einer der vielen Toten sein, die applaudieren, aber welch ein Triumph wäre es über den Tod, herauszufinden, daß wenigstens er noch lebt! (anders gespenstisch solche Konzertwiedergaben, in denen man selber unhörbar enthalten ist, geisterhaft schwebend über dem Ganzen, weil man weiß, daß man dabei war)

III

Tonband einer vom Dirigenten zwei Male unterbrochenen Orchesterprobe. hört man sich dieses Band mehrere Male hintereinander an, hört beim dritten oder vierten Mal die Probe ab der Stelle, wo zum ersten Mal unterbrochen wird, sie selber zu sein auf, aus der Getriebenheit des Dirigenten, mit diesem Orchester Vollkommenheit zu erlangen, fließen der Aufzeichnung magische Kräfte zu für eine letztlich unzulängliche Anstrengung, sich zu übertreffen: das und das dürfte der Klangvorstellung des Meisters schon ganz nahe kommen, aber der eine Hornist hat noch immer nicht recht begriffen, wie peinlich muß ihm die Engelsgeduld sein, mit welcher ihm gleich wieder erklärt werden wird, was ein wenig anders klingen sollte!

Schwanensee

Ballett, das sich von allen anderen Balletten dadurch unterscheidet, daß es nicht nur als eine Qualität der Musik etwas hat, das nur es selber hat und das es in die Nähe des ›Tristan‹ rückt – das mag der Musik gewordene Schmelz einer traumwandelnden Sehnsucht sein, die sich selber nur im Traum fassen kann und mit Verwunderung und Verwirrung ihr von Geistesabwesenheit und TagtraumAhnungen verhülltes und vorerst nur als ziehenden Schmerz wahrgenommenes Objekt nach und nach Liebesgestalt annehmen fühlt, von der Verdüsterung der Musik in fatale Unausweichlichkeit begleitet.
niemals stimmen deine Augen der Behauptung zu, klassisches Ballett sei höchste Verfeinerung –
trotz der Enthaltsamkeit der Primaballerinen von Körperlichkeit und ihrer esoterischen Weiblichkeit; trotz der Verwandlung dessen, was rhythmisches Turnen sein könnte oder nackte Demonstration von Höchstleistungen trainierter Kraft und von Muskel-, Rückgrat- und Sehnenkunststücken, in eine bis in die Fingerspitzen reichende Anmut und der Anstrengung in scheinbare Leichtigkeit, wenn die Solotänzer in weitausgreifenden Wellen die Bühne durchspringen, wenn sie während eines Tanzsprunges, als setzte für diese Augenblicke die Schwerkraft aus, in der Luft stehenbleiben oder ihre Damen wie Laubblätter oder Federn heben, schwenken und drehen, trotz all dieser Kunstwerdung menschlicher Körper scheint dir klassisches Ballett, und vor allem ›Schwanensee‹, die keiner anderen Kunstgattung mögliche Rückeroberung des Vormenschlichen, die Kunst reiner Animalität zu sein, indem sich die Tänzer in Gazellen, Giraffen und Schwäne verwandeln, in den Hochzeitstanz von Kranichen und von Fischen, in die Balztänze eines Taubers, das Emporschnellen von Delphinen, in das selbst-

vergessene Sich-heben und Sich-strecken des Hinterbeines einer Katze, in die Sprünge eines Wiesels über Gras hinweg, aber auch in galvanisiert zuckende Froschschenkel – ritualisiert von ihren Tanzschritten und Tanzsprüngen all die stereotypen Bewegungsabläufe der Tiere, besonders rührend das Zittern eines Beines, von dem, wie ein Tier, der diesen Bewegungen anverwandelte Körper nichts weiß.
das Corps de ballet, das, auf einem Bein stehend und das andere unter den Flügel geschoben, nur durch ein kleines Schwanken verrät, daß es nicht am Ufer rastende Schwäne ist – aber das nächste Mal Spaziergang durch den Park erkennst du es in den Schwänen am Rand des Teiches wieder, auch diese schwanken im Stehen leicht hin und her

Frechheiten

Mozart manchmal unverbindlich, Beethoven manchmal nur seine Manier. und Schubert, wie kein anderer zu Herzen gehend als mehrstimmiger Schmerz und Versöhntheit mit unendlicher Traurigkeit, manchmal etwas dümmlich.
Mozart in seinen Gefühlen noch viel keuscher – er hält sie, eine Menagerie, hinter schönen schmiedeeisernen Gittern: einige Seufzer lang wird der Blick auf sie freigegeben, aber gleich wieder von schönem Blattwerk zugewachsen. und führt er uns an die Abgründe menschlicher Natur heran, so geleitet er uns so schonungsvoll über die Untiefen triebhafter Getriebenheit und leichtfertiger Gemeinheit hinweg, daß man meinen könnte, er selber meide es, hinabzuschauen, und wisse nicht, daß dies alles schon aus seiner Sprache spricht: das Nachbeben, das aus den Rissen dringt auf immer erschütterten Kinderglaubens, gibt sich als Heiterkeit, daß Liebe und Vertrauen wiederhergestellt sei.
banal mancher Beethovensche Einfall, absichtlich, könnte man meinen, damit ihm die Lust zu bearbeiten und zu organisieren zur eigentlichen Inspiriertheit wird, während vieles von Schubert vermuten läßt, so, wie er es das erste Mal niederschreibt, habe es schon seine Vollendung gefunden – hält jener, was ihm zufällt, sogleich fest in Ungeduld, es sich anzuverwandeln, hält dieser es so lange in sich zurück, bis es wie von selber im Augenblick des Hervortretens die ihm eingeborene Gestalt annimmt, der eine ein Künstler, der mit künstlerischer Energie seine Kunst sich zu entfalten zwingt, der andere ihrem Aufsteigen aus unterirdischen Quellen kontemplativ so hingegeben wie all dem Kummer, den seine Produktivität nicht von ihm nehmen kann? männlicher möchte einem die Musik Beethovens erscheinen, woran sonst als an Herrenreiten gemahnt die Waldsteinsonate
Chopin. manchmal das Unbehagen, daß er schwüle Erotik

für Salons produziert und die nach Weltschmerz bedürftige Gesellschaft mit leicht verfügbarer Schwermütigkeit zu induzieren sich vornimmt. aber dann wieder das, was ihn ausmacht, ganz rein: Halbtonschritte reiner Zärtlichkeit, die das Objekt seiner Versunkenheit zärtlich abwandern und zugleich mit jedem Anschlag die Zärtlichkeit des Tastsinnes abstrahieren, Intervalle, die schmelzen machen und als Pausieren zwischen zwei Berührungen schmerzen, einen Schritt zurück, wo er zu kurz geweilt hat, einen Schritt weiter in ein neues Sehnen, welches nicht müde wird, das Geheimnis der Liebe in der Verwunderung zu ertasten, daß fis so wenig ges ist wie Lindengrün Resedengrün

Diapositiv-Reihe (gezeigt in einer Ausstellung über Helsinki)

auf dem ersten Diapositiv unter viel Himmel ein Stück Hafen: drei Schlote einer Industrieanlage, davor ein breiter Streifen Wasser und ganz vorne der Rand einer Böschung mit einer Straßenlaterne.
diesem folgen dann, immer vom selben Standpunkt unter gleichem Blickwinkel von einer Kamera mit gleicher Brennweite zu unterschiedlichen Tages- und Jahreszeiten bei gutem Wetter photographiert (und sei es, daß es erst vor kurzem aufgeklart hat), etwa hundertfünfzig weitere Diapositive dieses Hafenstücks, eins aus dem anderen steigend (und einige möglicherweise durch ein- oder mehrmalige Wiederkehr die wahre Anzahl der Aufnahmen übersteigend, etwa um die an eine Gleichheit herangetriebene Ähnlichkeit einzelner Bilder durch ihre als Mehrzahl ausgegebene Selbheit zu verstärken)
daß es einem nicht langweilig wird, dasselbe Stück Hafen an die zehn Minuten lang auf mehr oder weniger gleichen Bildern kommen und gehen zu sehen, mag am wenigsten eines (wie nur geweckten?) Ehrgeiz zu danken sein, selbstlos erzeugte Langeweile nicht mit Gelangweiltheit zu vergelten, viel eher dem Zutrauen, welches man auf den ersten Blick zu dem Photographen gefaßt hat und welches sich seines Vertrauens würdig erweisen möchte durch das Bemühen, seine Hafenansichten, wohl auch Einsichten, mit einfühlsamen Wahrnehmungen zu begleiten.
sobald man begriffen hat, daß kein Schneesturm sein wird und kein Gewitter, höchstens ein Streifen Morgennebel, wird von Bild zu Bild die kleinste Veränderung größer und die geringste Neuheit eine wichtige Entdeckung, als hätte man die Reize von gemeinhin Reizlosem plötzlich zu sehen gelernt, sich dadurch neue Landschaften erschlossen und

zugleich die in Nachrichtensendungen und Zeitungen rascher, als Mitleid oder Erschütterung eine Schutzschicht aus Abwehr und Abgestumpftheit durchschlagen kann, wechselnden Schreckensbilder aus aller Welt samt ihren Motiven aus unserer Zeit genommen und diese (so langsam dann wieder alle Veränderungen wie langlebig das zu Verändernde) einer menschenwürdigen Betrachtung zurückgegeben.
die minimalen Unterschiede zwischen manchen aufeinanderfolgenden Diapositiven bewirken Veränderungen des einzelnen Hafenstücks auch dort, wo es gleichgeblieben ist, sie wirken, indem sie auf das nächste einwirken, auch noch im übernächsten nach, wirken manchmal aber auch über einige Bilder auf erloschene, dadurch wieder gegenwärtige Projektionen zurück, und das versetzt die sich verschiebenden und einander berichtigenden Erinnerungsbilder in eine Bewegung, die als Schattenlaufbilder die projizierten Standbilder einzuholen sucht, meist vergeblich, denn trotz deren kleinem Vorsprung gelingt nur selten ein Sprung, durch welchen Licht- und Schattenbild plötzlich eins ist oder einig wird in einem ihre Gemeinsamkeit mit dem fehlenden Glied ergänzenden Verbindungsbild,
und sooft sich die Wirkung der Reihe zu erschöpfen droht, zum ersten Mal etwa nach dem dreißigsten Diapositiv, wird eine neue Betrachtung zum Beispiel durch die Entdeckung bewirkt, daß die das Stück Hafen variierenden Bilder von dem als erstes gezeigten dominiert bleiben, als wäre dieses, wenn schon nicht der Hafen selber, etwas wie das Originalbild eines Malers, an welchem die Qualität einzelner Reproduktionen und Repliken zu messen wäre oder welches dieses und jenes Bild als Fälschung zu überführen hätte – ist dieses erste von den ersten Variationen zufällig in eines Gedächtnis stabilisiert worden oder hat der Photograph das neutralste an die Spitze gestellt?
in welchem Gleichmaß die Projektion auch vor sich geht, gleich lang auch die zwischen den Diapositiven liegenden

Pausen, bleibt Ermüdung auch deshalb aus, weil die indifferenteste Hafenansicht eines Aufmerksamkeit etwa damit wach hält, daß man einem Detail wie dem Unkraut an der Böschung die Jahreszeit ablesen will, einem Schlagschatten vielleicht sogar die Tageszeit; weil immer wieder einige oder mehrere aufeinanderfolgende Bilder sogleich oder im nachhinein dank einer nur ihnen eigenen (und daher die mit allen anderen geteilten Gemeinsamkeiten als zu allgemein hinter sich lassenden) Gemeinsamkeit sich als zusammengehörig spezifizieren (sobald man es bedauert, daß die Serie sukzessiver Ablauf bleibt und von jeder neuen Projektion das während mancher Bilderpausen mühsam imaginierte Simultanbild ›Hafen zu verschiedenen Jahreszeiten‹ ausgelöscht wird, empfindet man das allererste, bis zuletzt von der Erinnerung am besten fixierte Bild als einen dem Hafen nach und nach abhandengekommenen Idealzustand, der nun durch Veränderungen auf ihn zu wiedererlangt werden soll, auch zur Befreiung des Betrachters)

manchmal bestätigt sich die Erwartung des empfindsamer werdenden Auges, nach zwei, drei weiteren Diapositiven werde, als wäre ein anziehendes Detail vom Einfluß der Vorzeichen auf ein musikalisches Thema, ein so oder so beschaffenes Bild der logische Schritt ihrer harmonisch fortschreitenden Veränderungen sein, manchmal läßt solch ein vorhergefühltes Bild vermuten, der Photograph habe, wer würde das schon merken, ein bereits projiziertes Diapositiv stellvertretend für die Stimmung oder Stunde eingesetzt, die festzuhalten er versäumt habe, zum Beispiel eine Abenddämmerung als Morgendämmerung.

durch einige Minuten vergehen Tageszeit und Jahreszeit im Hafen so allmählich (tiefe Nacht – abnehmende Nacht – volle Dämmerung – Morgengrauen; erster Schnee – gefrierendes Wasser – vereistes Wasser – Ebene aus Schnee), daß dann zehn Bilder lang die Stunden in beliebigen Zeitsprüngen wechseln zu sehen das Bedürfnis des wie von Dissonanzen

irritierten Auges enthält nach Wiederherstellung von Ordnung und Ruhe durch noch langsamer als zuvor beobachtbare Abwandlungen des Selben in fast Gleichem.
je öfter sich die Hafenanlage wiederholt, dieses Überall-und-nirgends-Industriegebiet, desto mehr wird sie Naturlandschaft (während anfangs schöne Hochsommerwolken die Schlote bedrohlich vergrößert haben, wird nun aus Rauch ein Wolkenbild) und endet, als wäre sie eine wiedergefundene Kindheitslandschaft, in der Traumbilderdeutung ihrer Bilder: der Rauch zieht nach rechts, weil von links ein Schiff sich nähert; es ist Frühling, weil das Boot grün gestrichen ist; dies ist nicht eine Morgendämmerung, sondern ein Abend, weil der Rauch sich neigt

als Einzelheiten dürfte einem das alles nicht gefallen und tut es auch nicht mit seinen allzu konturierten männlichen Nackten, muskulös schwellenden Hinterteilen und da und dort zu kräftigen Oberschenkeln,
und genausowenig wie der ›Auferstehung der Toten‹ sollte man der ›Strafe der Verdammten‹ nahe treten, dem von Kamikazefliegern des Teufels begleiteten Massenselbstmord-Kopfsprung in die ewige Finsternis, damit sich einem die Michelangelos ›Jüngstem Gericht‹ vergleichbare Komposition des Aus-Gottes-Nähe-hinwegschnellenden-Hinabgeschleudert-und-Mitgerissenwerdens trotz der bravourösen Verkürzungen der in diesem sich beschleunigenden Steinschlag- und WasserfallSünderfall sich werfenden Körper nicht plötzlich als großteils Engerlinge und Maden oder heutzutage als shrimp-cocktail zu erkennen gibt und eines Bewunderung für die artistische Perfektion des Grauens gestört wird von Grausen vor diesem WürmerGewürm,
aber als Ganzes ist die ›Auferstehung der Toten‹ eine so großartig Bild gewordene Idee, daß einem nach kurzer Gewöhnung an die Michelangelos Männlichkeitsideal brutalisiert vorwegnehmende Manier die Menschlichkeit dieses Jüngsten Tages in den Bilddetails aufgeht und zu Herzen geht, so könnte es einmal sein:
da hat sich einer bis zur Brust aus der Erde gegraben und stemmt sich in den Tag, als wäre er dabei, aus einer Baugrube zu klettern, oder als hätte er, ein erschöpfter Schwimmer, endlich festen Grund gefunden und mit dem Verebbtsein des Sturms seine Rettung, dort weiß einer, vom langen Schlafen benommen, nicht recht, wie ihm wird und wo er ist, oder dämmert ihm schon, zum Himmel oder zur Sonne aufschauend, daß er dem Traumbefehl, er solle erwachen und seinen Körper an sich nehmen, soeben aus dem Erdreich

gefolgt ist?, da läßt sich einer wie aus einem Wasserloch in einem vereisten Teich herausziehen, da stützt einer einen, dem, von dem langen Liegen geschwächt, das Stehen noch schwerfällt (manch eines Körper könnte auch eine schwere Rüstung sein und ist ja auch nun ein Käfig, der die seiner entwöhnte Seele beengt). einer hat sich, um vom ungewohnten Leben ein wenig zu rasten, wieder gesetzt, andere atmen, vom Tageslicht wiederhergestellt, endlich wieder frei die frische Luft, aber auch denen, die rasch ihre einstige Lebenskraft zurückgewinnen, ist stehend Balance zu halten noch eine gymnastische Leistung, und die Merkwürdigkeit, daß inmitten der mit Muskeltraining ihre Körperbeherrschung erprobenden Männer auch Skelette anzutreffen sind (stammen sie aus der Zeit der Totentänze?), hilft ein inmitten der lebendig gewordenen Toten befindlicher Nebelhauch deuten, gewiß erst lang nach dem Tod des Meisters hinzugefügt von der Zeit: in diese Wolke treten die Skelette ein, von ihr verhüllt ereignet sich an ihnen das Wunder der Transfiguration, zwar nicht verklärten, aber idealisierten Leibes tritt zurückverwandelt in sein Mannesalter daraus hervor, was bis auf die Knochen zu Erde geworden war, das Urteil: ›her zu mir!‹ oder ›hinweg von mir!‹ abzuwarten.
der ›Einzug ins Paradies‹ der Geretteten anfangs keine Gegenbewegung zum Bergsturz der Verdammten, kein Schweben, das sie aus der Körperschwere hinweghebt: abwartend stehen sie nackt herum, könnten, in Zweier- oder Dreierreihen sich sammelnd, auch vor einer Gaskammer stehen, aber dann scheint ihre Erleichterung die Höhenluft Seiner Nähe zu atmen, ein Seufzer sie hinanzutragen, sie alle ein in den Sog seiner Gnade geratenes Blatt, gottscheinig folgen sie seiner Anziehung die Himmelsstufen hinauf in weißen, von wem auch immer ihnen angezogenen Slips, und vielleicht werden sie, von der Erleichterung ganz leicht geworden, von den Flügeln der Engel, die sie geleiten, wie von einem Fächer ins Paradies gewachelt.

und die ›Predigt des Antichrist‹? dieser könnte Er sein vor einer betenden Menschenmenge, wenn hinter ihm nicht der böse Schatten wäre, denn erst wenn man *den* entdeckt hat, sieht man, welche Abscheulichkeiten in der scheinbar betenden Menge im Gange sind, gebannt und angewidert sehen in dunklen Kutten Fra Angelico und Luca Signorelli dem Teufelstreiben zu – kurioser als ganz hinten die Dämonen ist es, sich zu vergegenwärtigen, daß der goldinnige und blaufromme Fra Angelico Zeitgenosse Signorellis war und einmal auch mit ihm gearbeitet hat
(drei Jahre später berichtigt eine Kunstkarte mein Erinnerungsbild von den ›Verdammten‹, mag auch schon während der Betrachtung des Originals die gewölbte Kapellenwand diese Täuschung mitbewirkt haben: der Sturz hat bis auf wenige, die noch unterwegs sind, schon stattgefunden, schutzsuchend vor ihrer Verzweiflung drängen sie sich zusammen und gemahnen in ihrer Nacktheit an ganz andere Massenexekutionen, einzelne kämpfen mit ihren grünhäutigen Teufeln, die ihnen Gewalt antun – mancher Gemarterte ein Nachbild von Jesu Geißelung und seines Zusammenbrechens unterm Kreuz, die Verschlungenheit ihrer muskulösen Körper aber auch ein überfülltes Strandbad und die Prügelei zweier Wasserball-Mannschaften, da und dort ragen wie Segel in Seenot Teufelsflügel aus dem Körperfluten der Schiffbrüchigen auf. die Engel, in der Luft stehende geharnischte Hornissen mit Lanzen und Schwertern, machen als erbarmungslose Palastwächter einen fühlen, was unmenschliche Kälte und Amtswürde ist) ein dramatischer Effekt, daß die Fresken erst, wenn man zweihundert Lire eingeworfen hat, auf kurze Zeit von Scheinwerfern erhellt werden – bald geht die Welt wieder unter und alles liegt im Dunkel, zweihundert Lire, und es wird Licht, und die Toten erwachen zu neuer Errettung oder Verdammnis, nur der Antichrist predigt auch ohne Touristen, in seinem Element, der Finsternis

die schwermütige, beinahe dümmliche Erdenferne der Pieroschen Engel, ihr Geist ist nicht von dieser Welt. aber sein größtes Wunder der Auferstandene von San Sepolcro: er ist nicht ein Gespenst, aber auch nicht der, welcher er vor seinem Tod gewesen ist, er ist verklärten Leibes in der Weise, wie schweres Wasser Wasser ist – das, was den Tod überlebt hat, ist Seele geblieben und zugleich zu dem Fleisch geworden, welches diese bewohnt hatte, Auferstandener, in welchem (ähnlich wie durch die Wandlung Brot Brot bleibt und nun doch auch Fleisch ist) die Transsubstantiation der Kunst ein Gleichgewicht herstellt zwischen körperlicher Gegenwart und Anwesenheit nur in liebendem Gedenken, Fleisch, welches Bild geworden Fleisch bleibt, transfiguriert jedoch wie der Aussätzige durch den Kuß eines Heiligen. Auferstandener, der wie kein anderer mit Zuckerlrosa und sattem Violett über den Kitsch triumphiert, indem er ihn haarscharf an sich vorbeischießen läßt

der Stillstand der Zeit in der Kontemplation Vermeerscher Stickerinnen noch stiller als bei den anderen Holländern, als atmete die während gleicher Arbeit vergangene Zeit in ihrer Atemstille mit und als wäre in ihrer Hingegebenheit an dies zeitlose Jetzt auch die Zeit, die ja doch vergangen sein wird, als ein ewiger Augenblick eingeschlossen. ganz anders (so anders anders wie die ganz andere Zeitlosigkeit der Stilleben, die mit ihrer Totenstille, die Zeit hat wie der Tod, die Zeit in ihrer Aufbahrung bannen) die Zeit der Augenblicke bei Chardin – sein ›Kind mit Kreisel‹ beobachtet den unendlich lang sein Kreisen beendenden Kreisel, Endlichkeit und Ewigkeit ist in diesem Vergehen, denn in den Fingern des Kindes ist noch die Bewegung, mit der es ihn in dies scheinbar stillstehende Dahin durch die ihm innewohnende Zeit versetzt hat, in seinen Fingern ist aber auch schon das

Zugreifen, zu welchem dies Zuwarten werden wird, sobald der Kreisel, gleich ist es so weit und noch lange nicht, zu wanken beginnt, damit ihm mit der Aufforderung zu einem neuen Tanz, sein Tanzen dauert immer noch, neue Vergänglichkeit eingeschrieben werde, noch aber hält das Kind den Atem an, dem Endpunkt ihrer Zeit sollen diese Drehungen sich entgegendrehen und zugleich ihrer Zeitlichkeit davontanzen, Hoffnung und Zweifel die Balance des erst beginnenden Vergehens

Musée de Cluny, Die Dame und das Einhorn. warum sieht die Dame das Einhorn so liebevoll und bekümmert an wie manch ahnungsvolle Gottesmutter ihr Kind – ist das bloß Rührung über seinen treuherzigen Blick oder hält sie ihm ihren Spiegel vor, um ihm zur Tröstung seiner Einmaligkeit ein anderes Einhorn vorzuspiegeln, es in seinem Entzücken an sich selber gefangenzuhalten und dadurch abzulenken von der, auf deren Schoß seine Vorderpfoten liegen? dann soll ihm sein Bild erklären, warum beider Liebe von Trauer beschattet ist; daß sie nicht mehr ein Liebespaar sein können, seit er ihr als ein anderer zurückgekommen ist als der, auf welchen sie gewartet hat, Schmerz in ihrem Gesicht um das Bild von ihr, das er mit der Entfernung von ihr verloren hat

die Gräber der Medici das einzige Kunstwerk, welches ein jedes Mal von neuem vor dir entsteht, unter einem Fernglaseffekt – immer zuerst die Enttäuschung über die vielen Menschen, die Enge des Raumes und den Lärm, denn für ein paar Minuten sehen die Statuen bloß so aus, wie du weißt, daß sie aussehen, und so lassen sie dich ein erstes Wiedersehen lang so kalt, wie sie sich anfühlen würden, aber plötzlich sind die vielen Stimmen ausgelöscht, niemand ist mehr da, sie tauchen aus sich auf, wachsen zu ihrer Größe heran und kommen immer näher: von Müdigkeit übermannt und müde der im Schlaf wachgebliebenen Trauer, scheint die NACHT sich zu entschlafen, scheint das Leben, Schönheit zerstörendem Schmerz sich zu versagen, eingeschlafen zu sein in diesem Stein, gelöst in einem leichten schweren Schlaf, was es beschwert hat; aus dem Schlaf aufgestört wie von Tageslicht eine Eule, aber benommen von schmerzstillendem Gedenken, sieht dich der TAG über die Schulter abweisend an, als wärest du der Gedanke, aus welchem er sogleich in Vergessen zurücksinken wird, Flußgott der Zeit er, wie die NACHT und AURORA die Zeit in ihrem See sich sammeln lassen (auf den zweiten Blick rücken auch die beiden Medici, die Anmut und Ernsthaftigkeit ihres ähnlichen und ungleichen Sitzens und Sinnens, in deine Zuneigung, gleich wieder rühren dich ihre Knie)

Vor einem Bild Bernardo Luinis

hätte er lieber ein Weideland gemalt, eine Kuh mit ihrem Kalb? einen Dudelsackspieler oder einen Knaben, der eine Beere in den Mund steckt oder traumverloren eine Rosenknospe küßt?
hat er, ein leidenschaftlicher Maler von Madonna-col-bambino-Bildern, andere Motive darzustellen viele Male abgewehrt?
hat ihn die Arbeit an diesem Bild als die Frage interessiert, wie weit Bild und Legende auseinanderklaffen dürften, inwieweit der Name eines Heiligen, da alles Tun der Heiligen heilig sei, offensichtlich Unheiliges heiligen könne,
hat er also, überzeugt, seine geistlichen Auftraggeber würden als wie seiende so denkende Schelme sich erkennen zu geben sich hüten, das Gemälde aufgrund einer Wette mit Freunden angefertigt, wie weit er, widerspruchslose Verlegenheit zu wecken, gehen dürfe?
vielleicht wollte er uns vor Augen führen, daß die Organe der kirchlichen Zensur zu seiner Zeit sich mit formellen Respektsbezeugungen, sich äußernd in Spitzfindigkeit, zufrieden gaben, längst augenzwinkernde Bundesgenossen der Künstler und doch auch deren Schutzherren vor schrankenloser, der Kunst gefährlicher Freiheit von allem zu allem!
sollte er aber heimliche Wünsche, notdürftig verhüllt, das Licht der Öffentlichkeit erblicken lassen haben, so stellt das junge Mädchen, von dessen Brust, ihm hingehalten, in hingebungsvoller Entrücktheit ein alter Mann trinkt, die Ecclesia dar, an der, wer sich taufen läßt, vom Alten Bund gesundet, somit auch die Kunst, die dem alt gewordenen Künstler verjüngende Kraft einflößt. und vielleicht darf der vom Mittelalter noch nicht allzuweit entfernten Hochrenaissance auch anderes zugetraut werden:
ein ehrwürdiger Hirt dient dem Jesukind als Vorkoster

Joseph erprobt als eigentlicher ungläubiger Thomas die jungfräuliche Honigmilch
Gott Vater ist es, der sich das Grauen einverleibt, mit welchem der kleine Sohn dereinst den Ölbergkelch leeren wird
ein Beichtvater bewahrt eine junge Frau davor, dem Befehl nachzukommen, als Amme zwei heidnische Königskinder zu stillen – oder ist das die Selbstüberwindung eines Heiligen aus Mitleid mit den Schmerzen einer jungen Frau, der das neugeborene Kind gestorben ist? kaum die Beschwichtigung eines, der Gott zu fluchen den Mund aufgetan hat
wahrscheinlich ist es ein kranker Einsiedler, den, da seine Ziege keine Milch gibt, täglich eine andere Frau bewirten kommt, Fiebervision von wahrer Armenfürsorge und Pilgerbetreuung in der Gestalt der sich keiner Mitleidfähigkeit verweigernden Caritas –
so könnte hier, unter welchem falschen Heiligennamen auch immer, der Stifter des Gemäldes mit seiner jungen Geliebten portraitiert worden sein: wie sollte dieser Jungbrunnen für ihn zu jung sein, wenn sie doch offenbar seine Mutter ist!
sei dieses Bild die glückliche Vorahnung des Malers von seinem Tod, sei es ein greiser Prophet, der, an der Brust der Mutter erblindet, im Todestraum sie wiedersieht,
damit die Legende des Gemäldes, die heilige … labe den Vater im Gefängnis, die Erfindung eines Kunsthistorikers bleibt – ist dies aber die Wahrheit, so möge in ihm die Erinnerung nachschwingen an mittelalterliche Not- und Todzeiten, an von ihren Vätern zu ihrer Errettung zur rechten Zeit geschwängerte Mädchen,
möge es bloß nicht schon in dieser Zeit Gefängniswärter gegeben haben, die ihre Häftlinge und deren Angehörige zu belustigenden Erniedrigungen mißbraucht haben wie zu Todesdrohungen für den, der nicht sogleich imstande wäre, mit der eigenen Mutter –
der geistesabwesende Blick des Mädchens, aus dessen Brust

ein alter Mann trinkt, es so zärtlich berührend wie es ihn, bezeugt jedenfalls das Wunder, das ihnen, während sie ihn stillt, zuhilfe kommt: indem sie den lieben Gott um das Leben des Vaters bittet, nimmt sie nicht wahr, was ihr geschieht, da sie, in ihr Gebet versenkt, zugleich nicht da ist

Francisco de Zurbarán, Bodegon

mit einem Blatt Papier und einem Bleistift einem Bild gegenüberzusitzen wie ein Maler seinem Motiv, einem in Originalgröße reproduzierten Stilleben von Zurbarán – extremes Querformat. vor schwarzem Hintergrund ist auf einem parallel zum unteren Bildrand sich erstreckenden, aber erst außerhalb des Bildes endenden dunkelbraunen und schmalen Tisch, gemalt in gemäßigter Draufsicht, in einer knapp vor seiner Mittellinie anzunehmenden Ebene in gleichen und die Breite des Bildes bestimmenden Abständen dreierlei angeordnet, vielleicht richtiger:
vor schwarzem Hintergrund hat der Maler auf einem ... Tisch mit gleichem Desinteresse an dessen perspektivische Verschiebungen und somit auch Veränderungen der Proportionen anbietenden Tiefe wie an einer durch ungleiche Zusammen- oder Auseinanderrückungen möglichen Abstufung der Sympathien seiner Objekte füreinander in weder herzlicher Verbundenheit noch luftleerer Beziehungslosigkeit dreierlei in einer Linie gereiht,
welche Dreiheit man, wandert man mit zusammengekniffenen Augen das Bild von links nach rechts ab, als einen größeren gelben Fleck in der Mitte des linken Bilddrittels wahrnimmt, als bedeutend größeren, in seinem unteren Teil in ein helles Braun sich verschiebenden orangeroten Fleck mit ähnlichen, aber noch wolkigeren Umrissen in der Bildmitte und schließlich als um einiges kleineres, farblos-kühles und so gut wie nicht verschwimmendes zylindrisches Gebilde mit einem rosa Farbtupfen zu seiner Linken im rechten Drittel des Bildes, wobei die Farben: Gelb – Orange – blasses Grau und ihre Formen der Reihe nach etwas wie: ›grobe Vitalität‹ – ›feiner organisierte Lebensfreude‹ – ›blutleere Verfeinerung‹ ausstrahlen, letzteres nicht zuletzt dank dem fleischig-weichen Rosa in nächster

Nähe zu der fleischlosen, vielleicht unbelebt-beseelten Gestalt –
auf der linken Seite des Tisches steht ein spiegelnder Metallteller, auf dem bis an seinen Rand vier Zitronen in einer wohl bis heute nicht gezüchteten Größe, größer eine jede als eine Männerfaust, so gruppiert sind, daß die vierte (von der dritten ist wenig zu sehen), kaum mehr als die anderen aufgerichtet, aber als einzige einen Fortsatz ins Bild richtend, auf den anderen liegt;
in der Mitte des Tisches ein hellbrauner Strohkorb, rund und aus zartem Geflecht, dem, als wäre er genau bis zum Rand mit Orangen gefüllt, dem vorderen Rand entlang drei Orangen aufsitzen, welche, wie viele man auch ungemalt hinter ihnen liegend (und die anderen mittragend) empfindet oder empfinden soll, in satter Balance zwei andere auf sich ruhen haben, erkennbar dahinter freischwebend eine dritte, welche Aufhäufung, eine so anmutig-schwebende Zusammengehörigkeit dies Rundung an Rundung und Rundung auf Rundung wie die Einheit eines Blumenstocks und seiner Blüten, die Höhe des Korbes scheinbar noch mehr als wirklich dadurch überschreitet, daß ein über die zweite Lage Orangen gelegter Orangenzweig mit Blüten und Blättern, der Wirkung nach noch mehr ein über einen Essenskorb gebreitetes Gazetuch als ein von Myrten überwachsener Henkel, die obere Bildgrenze wie einen Plafond berührt (bei genauerer, durch die in dieser Höhe abnehmende Helligkeit erschwerter Betrachtung könnte dieser Zweig sich auch bloß aus all dem zusammensetzen, was mit den Stengeln an den Orangen geblieben ist, ja wahrscheinlich sind zumindest deren zwei samt dem Zweig, von dem sie gehangen sind, auf die anderen gelegt worden, nur die mittlere aus der unteren Reihe hat als Mittelpunkt, tief wie ein Lachgrübchen, die von der Loslösung von seinem Strauch oder vom Wegreißen des Stengels zurückgebliebene Narbe),
und auf der rechten Seite des Tisches steht eine schlanke

Porzellantasse, die trotz ihrer relativen Höhe bis auf den Henkel in einer der Zitronen Platz fände, an den linken Rand ihrer Untertasse gelehnt und halb auf ihrem leicht gekrümmten Stengel stehend, eine rosa Blüte, die eine Rose oder eine Kamelie ist, vielleicht eine Nelke.

viele Betrachtungen lang, Wochen oder sogar Monate des mit ihm geteilten Zimmers, empfindet man dies Stilleben wunderbar als friedliche Koexistenz dreier Stilleben, deren Verbindendes das kühle Wohlbefinden dreier Inseln in maßvoller Isolation ist, jede sich selbst genug und ungestört von der Nachbarinsel dank der weder Anziehung noch Abstoßung enthaltenden Distanz von- und zueinander,
aber wenn man viele Male Beruhigung sich zufließen spüren hat aus der Gemeinschaft mit diesem Bild, als wäre der in ihm ruhende Blick ein Teil der Ruhe, in welche, was auf diesem Tisch zu sehen ist, bewegt worden ist, ist eines Morgens seine Harmonie dahin und eine Beunruhigung an deren Stelle getreten, Beunruhigung auch darüber, wie einem Disharmonisches so lange Zeit als Harmonisierung der dinglichen Welt erschienen ist; ob Zurbarán diese einem dann beschämend spät zuteil gewordene Irritation kunstvoll erzeugt habe oder ob einem bloß die Sensitivität seiner Augen fehlt, damit das, was nur durch einen selbst in Unruhe geraten sei, zurückfände in die von seinem Gleichgewichtssinn und Kunstverstand stabilisierte labile Balance.
die größte Irritation die nie zuvor wahrgenommene Linkslastigkeit der Komposition: da das dunkle Braun des an sich massiven Tisches sich von der an die Tischplatte und Vorderleiste reichenden Nachtschwärze des Zimmers nur mit seiner Oberfläche abhebt, wird er unversehens ein dünnes Brett, gleich ist dieses durch die massive Körperlichkeit der Zitronen auf der einen Seite und die Schneckenhaus-Körperlosigkeit des Porzellans und den Hauch von einer Blüte auf der anderen so einseitig belastet, daß es sogleich als

ein Schaukelbrett in Bewegung kommen und die ihm noch ruhig aufsitzende Tasse und Rose über die, wie du nun erst siehst, ein wenig aus dem Zentrum gegen das grelle Gelb der Zitronen gerückten Orangen hinweg ins Nichts hinausschleudern wird – oder würde der ja doch Bildmitte gebliebene Orangenkorb, von dem in den weichen Rundungen mitenthaltenen Duft nach ätherischen Ölen sein Gewicht nicht verringert und sein Volumen nicht vermehrt, dafür sorgen, daß der Tischplatte-Waagebalken nicht einmal in ein Beben geriete, wenn der nun als Waagschale empfundenen Messingtasse mit den Zitronen noch eine hinzugefügt würde, wie federleicht auch die Blätter der Rose sind und wie dünn auch das Porzellan?
eine nur mäßige Beruhigung dieser Disharmonie stellt sich ein, wenn man andere Reihungen der drei Einzelkompositionen erwägt (die Anstrengung, in Kopfbildern ihre Positionen zu vertauschen, gibt ihnen nach einem Gespensteraugenblick beginnender Auflösung etwas von ihrer Dinglichkeit zurück) und dann sieht, daß man die ausgewogenste aller möglichen Gesamtkompositionen vor sich hat:
wäre die Porzellantasse in der Mitte placiert, wäre das Übergewicht der dadurch noch mehr vergröberten groben Zitronen und ihr dann erst aggressives Gelb von den Orangen nicht auszutarieren, ja bekämen die aufgrund solch einer Links/Rechts-Konfrontation von Gelb und Orange sich nicht mehr träumenden Orangen eine Fleischlichkeit und wohl auch Voluminosität, daß in solcher Mitte die zerbrechliche Tasse zu einem Zwerg würde, von zwei Großen bedrängt – zumindest käme die Anordnung der Orangen ins Rutschen, Gefahr für das Porzellan, von wie für eine Schneeballschlacht aufgehäuften Wurfgeschossen zerschmettert zu werden, und Gefährdung der rosa Rose durch das Bleichmittel ätzende Zitronensäure.
möglicherweise hat sich der Maler mit der Wahl seiner

Objekte den Wunsch erfüllt, an sich Dissonantes übereinzustimmen –

auch wenn sich Gelb und Orangerot dank der Gemeinschaft der Zitrusfrüchte in Gärten und auf Obstmärkten seit langem gut vertragen, so hebt Zurbarán durch die Hinzufügung des RosenrotRosa die Gewöhnung an diese Zweistimmigkeit auf und bewirkt zugleich eine so kunstvolle Farbatonalität, daß davon lange Zeit Zweifel an manchen seiner Formen überdeckt bleiben oder gleich wieder in Farbe sich auflösen:

vor einer nachtschwarzen Wand die zweierlei Früchte wie Himmelskörper leuchten zu sehen (die Schatten an den Zitronen sind Sichelmonde, die Schatten an den Orangen erzeugen partielle Sonnenfinsternisse) und dabei wie im Traum zu vermuten, die Helligkeit der Zitronen und das milde Orangerot der Orangen könnte die einzige Lichtquelle des Tisches sein, macht einen übersehen oder vergessen, wie grobporig, wie blatternnarbig die Schalen der Zitronen sind und wie sehr deren Hypertrophie an zum Bersten volle Euter und Ammenbrüste gemahnt, auch wegen der nicht länger tropfenförmigen Enden der Fruchtschale (eine solche ins Bild gerichtete Brustwarze die Vorwegnahme von Gummischnullern, aber auch ein nach vorne gequollener Nabel), ja daß selbst die Qualität der Orangen als ›Orangen an sich‹ gefährdet wird durch die mittlere aus der unteren Lage, deren Zentrum, die vertiefte Narbe, nach der Entzauberung der Zitronen einen nicht einmal mehr wie ein Kindernabel rühren kann, sondern einem die Assoziation ›kontrahierender Schließmuskel‹ aufzwingt.

stellt man das Bild auf den Kopf (sicherste Wahrheitsprobe, ob eine Komposition gelungen ist), löst seine Disharmonie als eine Einbildung sich auf, ja noch während man es erst umdreht, hängt die eigentliche Irritation sich aus wie zerknüllte Tücher an einer Leine:

nicht bloß durch die scheinbare Aufhebung der Schwerkraft scheinen einem die Zitronen nun so leicht zu sein, als wären sie mit Luft gefüllt, nichts als aufgeblasene Haut, so völlig dahin ihre Korpulenz und Dickwandigkeit, die Orangen nun von der Leichtigkeit in den Sog ihres Korbes geratener Luftballons, kunstvoll montierte Lampions könnten sie sein, und nun erst sieht man, daß die zarte Porzellantasse aus Metall gemacht ist, aus Zinn oder Silber, und die Härte und Beständigkeit dieses Weinbechers dem hellen Gelb und weichen Orangerot etwas entgegenzusetzen hat, einen unverletzlichen Panzer,

ja und die Balance wird vollkommen in dem Augenblick, in welchem die Orangen im Begriff sind, aus ihrem Korbgeflecht sich zu lösen und nach einem Ballonflug durch die Nacht (ihre Blätter kleine Propeller und Windflügel) auf die Erde zurückzukehren,

doch da ist die Harmonie ein zweites Mal dahin – wieder zieht es das Bild auf der Seite der Zitronen, aufgequollene Fischkadaver, abwärts, als stünde es nicht auf festem Boden, sondern als wäre es schief gehängt, in einer Gegenbewegung, durch die Trägheit der Masse ein wenig verzögert, verschieben sich die Orangen gegen den Becher hin, gleich wird er wieder eine zerbrechliche Tasse sein, ein Schwindelgefühl, als schaute man in einer Eishöhle zur Decke, ein scharfer Wasserstrahl wird sich aus dem ergießen, was, nicht länger Becher oder Tasse, wie die Fassung einer Glühbirne am Plafond befestigt worden ist, und dann beginnen die Zitronen auch noch als zum Trocknen an die Wand gehängte Zwiebeln zu schrumpfen

hängt das Stilleben dann wieder an seinem Nagel, schenkt einem seine kühle Beschaulichkeit KlostergartenSelbstvergessenheit, mit wie viel Zurückgenommenheit muß der Maler seine Kunst mit seinen Objekten Zwiesprache halten lassen haben, daß sie in dreistimmiger Stille den Betrachter ahnen lassen, was Meditation ist und reines Sein – die negierte Bildtiefe gibt ihnen eine heiligmäßige Gegenwärtig-

keit, als hätte er ihnen, seinen Erntedank feiernd, die Hingabe seiner Augen und Hände eingehaucht und als wäre in ihnen auch dein Staunen:
die Unverbundenheit der drei Bildteile verbindet sich zu menschenscheuer Distanziertheit, dieser Tisch steht auf einem anderen Stern und die Vision des Malers von Friede und Glück lebt in ihm fort, wieder steht die Zeit still und geht auch außerhalb des Bildes verlangsamt weiter, zu einer neuen Ewigkeit ist die Vergänglichkeit der Rosen geworden in einer, als zärtliche Müdigkeit fließt aus dem Bild die Erinnerung, wie Orangen sich angefühlt und wie sie gerochen haben, als gäbe es keine mehr und als wäre jede Sinneswahrnehmung eine Sinnestäuschung, aber da es Ewigkeit nicht gibt, ist klein wenig Trauer in dem leeren Becher zurückgeblieben, Stilleben einer Seelenlage, aus welcher du sogleich fallen wirst
(welch ein Genuß daher dann, mit einer groben Pietätlosigkeit Revanche zu üben für den Anspruch des Bildes auf gleichgestimmte Kontemplation und Ausgeglichenheit des Betrachters zu allen Stunden, indem du eine Schüssel mit eilig hineingeworfenen Grapefruits an unbedachter Stelle zu ihm stellst!)

de Chirico, Die Belohnung des Zauberers (Wahrsagers)

auf der Piazza einer seiner ausgestorbenen Bühnenstädte, die Schlagschatten der Häuser eine Totenstarre, liegt auf einem Postament, eher einen Sarkophag als ein Reiterstandbild zu tragen geeignet, in einem griechischen Kleid oder Leichentuch eine weibliche Figur, einen Arm abgewinkelt unter den Kopf geschoben. ihre scharfkantige Brust und die eckigen Falten des Kleides könnten aus einem Eisblock gehackt worden sein, ihre üppige Trägheit aber, eher Leben enthaltend als Leben vortäuschend und zu warmblütig, um die Bewußtlosigkeit einer an Land gezerrten Seejungfrau zu sein, könnte die Fleischwerdung einer Steinstatue enthalten, sofern hier nicht, beklommen über ihre ausgesetzte Lage auf einem allzu freien Platz, die einzig lebendige Frau dieser Stadt der Versteinerung inmitten der Grabkammermauern dadurch zu entkommen sucht, daß sie, so wie Wild auf einer Lichtung reglos verharrt, auf ihrem Steinbett der Welt der Steine anzugehören vorgibt in einem Tiefschlaf und, das baldige Erwachen der Bühnenlandschaft vorwegnehmend, von Licht und Luft sich nährt. ist *sie* die Belohnung des Wahrsagers oder Zauberers, indem sie seine Prophezeiung wahrmacht, erst mit der Versteinerung des letzten Atemzuges werde Friede sein und einem Stein der toten Stadt frisch atmendes Leben entspringen? wird in der Schlafenden aus Kunst menschenwürdige Natur und der Zauberer mit ihr die Wiedergeburt der Antike zeugen, oder ist ihr Zauber so groß, daß der über alles bezauberte Zauberer von dem Zwang befreit ist, derjenigen, welche er liebt, alles das anzuzaubern, was sie nicht hat, und sich selbst die Erinnerung wegzuzaubern, daß ihr Zauber nur eine Hervorbringung seiner Phantasie ist? oder ist sie ihm der Lohn dafür, daß er eine andere zu verzaubern unterlassen hat, indem ihr Erwachen unter seinen Seufzern des Entzückens seine Zauberkraft als einen Albtraum und eine Krankheit von ihm nimmt?

Beim Flickschuster

in der Kindheit, welch spät entdeckte Wahrheit, hat sich alles entschieden, denn damals kündigt sich an, was uns später über ein Erträgliches hinaus beschäftigen wird, und dabei hat alles mit recht liebenswürdigen Beunruhigungen begonnen – mit dem Kind, das mit meinem Namen gerufen wurde; mit dem Hündchen und dem Kätzchen eines Kinderbuches, die aneinander Waschtag abhalten und dann einander nebeneinander zum Trocknen an die Wäscheleine hängen, nämlich das Kätzchen das Hündchen und das Hündchen das Kätzchen (und die manchmal, wenn ich allein war, in dem Seufzer fortlebten, ich wollte zwei junge Hunde sein und ein wenig mit mir spielen). mit dem Dackel aus einem Jägerbuch, der, als er sein Ende nahen spürt, Sägespäne frißt und frißt und sich so zu seinem Standbild, dem des treuen Dachshundes, ausstopft und dadurch dem Witz der Nachkriegszeit entgeht, in welchem eine hungernde Familie ihren Flocki als Sonntagsbraten verzehrt und dabei betrübt beteuert, wie sehr er sich über die schönen Knochen freuen würde; mit dem aus den Daumen und Zeigefingern gebildeten Oval, das, an die Augen gehalten, die vor einem liegende Wiese zu ihrem gerahmten Bild macht; in den mit anderen Kindern durchgeführten Experimenten, ein wohlvertrautes Wort wie Apfel so lange ganz schnell hintereinander zu wiederholen, bis plötzlich seine Bedeutung aus der befremdlichen Apfelapfelapfelapfel-Gestalt gefallen war, um dann den von solcher Vervielfachung verstümmelten Begriff mithilfe der scheinbar verleumderischen Verneinung seines Bildzeichens zu einem Apfel zu beleben (unter einen gezeichneten Apfel: ›Das ist kein Apfel!‹ zu schreiben, hat die Widerstandskraft des ja nur zugunsten seines Bildes verneinten wirklichen Apfels so gestärkt, daß dieses, ohne länger bloß Zeichen und nicht Apfel zu sein zu beharren, plötzlich nach Apfel roch

oder das bei mir gesprochene: ›kein Apfel!‹ plötzlich nach frischen Äpfeln schmeckte). und am nachhaltigsten war dies alles schon in der größten Erschütterung der Kindheit an einem frühen sechsten Dezember zusammengetreten: was ist dem armen Heiligen Nikolaus zugestoßen, verfünffacht läuft er in verschiedene Richtungen durch die Gassen, werden seine Gespensterteile in der Kirche wieder zusammenfinden?
bald nach dem Eintritt ins Gymnasium verursacht der Religionslehrer mit einer gewiß nur erfundenen Anekdote über Leonardos Letztes Abendmahl einen Rückfall: Jahre nach der Fertigstellung des Abendmahl-Christus habe der Maler, noch immer auf der Suche nach einem Judasprofil, in dem vom Laster zerstörten Gesicht eines Vagabunden nicht nur seinen Judas gefunden, sondern in ihm auch unter Tränen seinen Christus wiedererkannt, und so wären Christus und Judas eine Person –
weder der Religionslehrer noch der Zeichenlehrer wollte mir die Frage beantworten, was gewesen wäre, wenn Leonardo die ›Mona Lisa‹ zweimal gemalt hätte, nämlich gleichzeitig, indem er einmal auf der einen, einmal auf der anderen Leinwand den nächsten Strich tut: ob in solch einem Fall zwischen Skizze und Original beziehungsweise Original und Kopie zu unterscheiden sinnlos wäre, ja ob, wollte man diese Unterscheidung trotzdem beibehalten, die ersten zwei (zugleich die zwei ersten) Kopien wertvoller wären als das dann ja nur in der Vorstellung des Malers existierende, weil dem Begriff getreu immer nur einmalig vorhandene (und von jedem seiner Pinselstriche ein wenig mehr ausgelöschte) Original; und ob nicht jedes Originalbild von Restaurierung zu Restaurierung immer mehr zu seiner Kopie würde!
so wollte ich damals ein geborener Künstler sein, um die Vermutung zu überprüfen, daß das Wort *Modell* nur für Nichtkünstler zweierlei bedeute, weil der liebe Gott von all dem, was erst die Künstler erschaffen sollen, bloß etwas wie ein Modell angefertigt habe, etwas später lieber Kunst-

betrachter werden, um zu beweisen, daß der von mir ausgedachte, mittlerweile von zu vielen von der Malerei gelangweilten Malern längst erschöpfte und in Wahrheit nur psychologisch interessante Choc über einen in einer Kunstausstellung als ›Reifender Apfel‹ gerahmt und hinter Glas dargebotenen wirklichen Apfel oder über ein lebendiges Pferd, das auf einem Denkmalsockel stünde, vor allem Betroffenheit wäre über die plötzlich irreale Dimension des nicht Bild oder Standbild gewordenen, aber auch nicht Natur gebliebenen Apfels oder Pferdes und daher vor photographischen Wiedergaben solcher ein Apfelbild imitierender Äpfel, solcher scheinbar eine Pferdestatue darstellender Pferde auch als geringstes Befremden deshalb ausbliebe, weil technische Reproduktionen die in Wahrheit Abbildbares gebliebenen ›Originale‹ auf die falsche Ebene der Bilder und der Kunst höben, wodurch das photographiert ja doch ein Bild gewordene Nichtbild vom Betrachter als unkünstlerischer Realismus und somit als neuer Kitsch mißdeutet werden würde; weil also die der verfälschten, durch ein kunstähnliches Medium vermittelten Wirkung solcher ›Kunstwerke‹ zugeführten Betrachter diese nicht unbefangen aufnehmen könnten, sondern auf Erklärungen angewiesen wären (ist das ein naturgetreu gemalter Apfel oder ein künstlicher Apfel? hat der Maler den Apfel so gemalt, daß man auch das Bild für eine Farbphotographie halten soll? hat sich während der Anwesenheit eines Photographen ein Pferd in den Kunstpavillon verirrt?)
dann wieder wollte ich, beeindruckt von einer Eibe, an deren Stamm eine Tafel ›Naturdenkmal‹ befestigt war, einmal ein Förster werden: wie nur kann die Natur zugleich Kultur sein, oder hat diese Eibe, zu einem Denkmal ihrer selbst und aller stattlichen Bäume herangewachsen, Baum zu sein aufgehört?
bald darauf war im Hof hinter unserem Friedhof ein Grabstein zu entdecken, auf dem zu lesen war:

Stefan Wagner
Steinmetzmeister
Anfertigung von Grabsteinen

ich ging dann aber doch nicht bei ihm in die Lehre, zu ängstlich, mir einmal solch ein Geschäftsschild anzufertigen, während dieser Steinmetz, sooft er an seinem Grabstein vorbeigeht oder andere davor stehenbleiben und lachen sieht, sich als unsterblich erkennt, als wäre sein Sterbliches längst gestorben und begraben! (dafür trage ich damals der alten Frau die schwere Tasche nachhause, die nach dem Tod ihres Mannes auch ihren Namen auf den Grabstein setzen läßt und neben ihr Geburtsjahr ein: ›–19 ‹, damit sie sich bis auf zwei Ziffern schon bei ihm weiß)
als Siebzehnjähriger unternehme ich meine erste und letzte Italienreise – in der Nähe des Bahnhofs von Padua sehe ich links und rechts der Vorhangtür einer als ›Bar‹ ausgegebenen Baracke ein junges Mädchen und eine ältere Frau, die eine rauchend, die andere sich schminkend, auf Kundschaft warten, schon sind meinem Erschrecken die beiden Frauen zweierlei Auslegungen eines Bildes: Wenn du den Weg deiner Mutter wählst, wirst du ihr immer ähnlicher werden und bald so häßlich sein wie sie! (Zuerst anziehend und schön, bald aber abstoßend häßlich und gemein!). in Sizilien hingegen bewegen sich von zwei weit auseinanderliegenden Marienwallfahrtsorten zwei Prozessionen auf einander zu, an der Spitze jedes Zuges eine Fahne mit dem gleichen Bild der Gottesmutter; bevor die Fahnen einander berühren, ziehen die Fahnenträger ihre Kapuzen übers abgewandte Gesicht, werfen sich die Gläubigen wie bei einem Luftangriff auf den Boden und halten sich die Augen zu – was sonst wäre dieser Brauch als die Hoffnung, die Mutter Gottes werde in dem Augenblick ihrem Bild entsteigen, in welchem ihre Bilder, vielleicht von einem blendenden Lichtbogen zusammengeschlossen, zu *einem* Bild geworden sind?

bei der Maturaprüfung soll ich über einen französischen Maler referieren, will seinen Wegbereiter nennen, den anderen Hauptvertreter dieser Technik, um die Unterschiede und Gemeinsamkeiten ihrer blassen Vorstadtgassen zu beschreiben, aber plötzliche Skrupel, ob die zwei Maler nicht etwa nur einer seien, machen mich stottern. über die großen Habsburger weiß ich bloß von der Jubiläumspostkarte zu berichten, auf welcher, gruppiert wie ein weitverzweigter Stammbaum, viele Male einzig, aber nicht allein, Kaiser Franz Josef in verschiedenen Lebensaltern abgebildet ist, als Zehnjähriger mit sich als Säugling den künftigen Greis zeugend, jedenfalls viele Male von sich selber geboren, ja und die Frage des Deutschlehrers nach Literatur über den Dreißigjährigen Krieg beantworte ich lachend – nun ist schon alles egal – mit der Beschreibung eines Tableaus, auf welchem, es hängt im Theatermuseum, mit einem zeitgenössischen Portrait Wallensteins etwa zwanzig Photographien berühmter Darsteller von Schillers Wallenstein in Wallensteinmaske wetteifern, verzichte mit einer Ersatzfrage leichtfertig auf die Maturareise nach Marbach, wo sich dank einer launigen Führung durchs Schillerarchiv vor dem Totenschädel des sechsjährigen Dichters das Übel vielleicht für immer in ein Lachen aufgelöst hätte, statt sich nach einer Kopfverletzung zu verhärten, als ich beim Röntgenarzt mit Gruseln meinen Totenschädel betrachte.
bald darauf finde ich Arbeit in einem Zeitschriften-Vertrieb – was mich dorthingezogen hat und dort noch hält, sind die nicht mehr jungen Damen und Herren, welche, mit zweierlei Gesichtern oder in zweierlei Gestalt auf den Reklameseiten der billigsten illustrierten Zeitschriften abgebildet und mit einem Text wie: ›Herr ... *vor* Verwendung von ....‹ / ‹Herr ... *nach* Verwendung von ...‹ versehen, auf drastische Art für bestimmte Cremen, Haarwasser, Schlankheitsmittel, Massagegeräte und so weiter werben.
am Beginn dieser Lebensperiode führt mich ein Spaziergang

zu einer eingezäunten Wiese, deren eine Hälfte, wie eine davor aufgestellte Tafel kundtut, mithilfe eines neuen Düngemittels zu üppigem Wuchs stimuliert worden ist, was ein Vergleich mit der naturbelassenen anderen Hälfte eindrucksvoll vor Augen führt. und kurz darauf entdecke ich in der Auslage einer Parfumerie ein Plakat von ähnlicher Eindringlichkeit: das Portrait eines Mädchens, dessen eine Gesichtshälfte sich ungeschminkt ausnehmen soll, dessen andere aber das Make-up der Saison zeigt. noch während ich dieser Farbphotographie die Botschaft ablese: ›diese zwei Möglichkeiten, schön zu sein, sind jeder Frau gegeben – so natürlich und jung soll sie im Alltag aussehen, so mondän und fraulich an festlichen Abenden!‹ und in dem einen Mädchengesicht seine zweierlei Gesichter so vor mir sehe, als legte die jeweils betrachtete Hälfte in einem Drang nach Vollkommenheit die ihr fehlende über die andere, weiß ich, daß dieses junge Mädchen das Vertrauen der Glatzköpfigen, Dicken und Ältlichen in die Verjüngung und Verschönung dokumentierenden je zwei Photographien ihrer einstigen Leidensgenossen erschüttern muß: die potentiellen Konsumenten diverser kosmetischer Produkte werden entweder eine falsche Reihung der wohl aus verschiedenen Lebensaltern stammenden Aufnahmen argwöhnen oder Tricks eines Maskenbildners, des Retuscheurs und vor allem des Photographen, der die bestochenen Modelle einmal übermüdet und bei schärfstem Licht aus abträglicher Perspektive, einmal wohlausgeruht und in günstigster Pose unter schonungsvoller Beleuchtung aufgenommen hätte, wenn nicht überhaupt auf solchem Beweismaterial Mutter und Tochter, Onkel und Neffe als eine Person ausgegeben würden, und mit dem teuren Präparat eine Enttäuschung zu kaufen sich sparen.

die Konsequenz für die kosmetische Industrie, ging mir dann auf, könnte nur die Bemühung um zweierlei sein: erstens um die Entwicklung solcher Werbepräparate, welche, wenn

sie nicht durch äußerliche Anwendung lokal beschränkbar wären wie Dünger, sondern geschluckt oder injiziert werden müssen, im Unterschied zu den für den Verkauf bestimmten in nur einer Körperhälfte wirksam werden, und zweitens um Versuchspersonen, die solch einseitiger Behandlung zur Verfügung stehen wollen –
ähnlich geworden einem Rosenstock, dessen eine Hälfte üppig blüht, oder einem Obstbaum, dessen veredelte Zweige schöne Früchte tragen, würden diese lebenden Reklamen, von der Symmetrieachse des Körpers, die zugleich eine Zeitachse wäre, in ein ›Vorher‹ und ›Nachher‹ zerlegt und im Verwachsensein der zwei Hälften zugleich überzeugend ein und dieselbe Person geblieben, in den Auslagen von Verschönerungsinstituten sitzen und als halb schwächlicher, halb muskulöser Mann, als teils korpulente Sechzigerin und teils schlanke Attraktive der besten Jahre selbstlos die Behauptungen der Reklametexte verifizieren, leibhaftige Abwandlungen der zur Hälfte gedüngten Wiese!
sollte aber keiner bereit sein, den Kontrast zwischen beschämend alt oder häßlich Gewesenem und wieder jung und schön Gewordenem an sich selber zu exekutieren, durch die Einheit von Spannkraft und Schlaffheit häßlicher als zweiköpfige Mißgeburten, so könnte man notfalls die zweierlei Hälften durch Zwillinge ersetzen, indem man den einen durch jungerhaltende Medikamente im idealen ›Vorher‹ verharren, den anderen sich ins ›Nachher‹ des Alters verändern ließe, beides unter ständiger Überwachung durch eine Filmkamera, damit nicht der Augenblick käme, der ihre Scheinidentität aufhebt und sie zu zwei (immer schon) ungleichen Brüdern erklärt – oder würde es genügen, von denjenigen Personen, die sich zu Werbezwecken nur einer ganzen Kur unterziehen wollten, nach polizeilicher Feststellung ihrer Identität möglichst naturgetreue Photographien in natürlicher Größe anzufertigen und sie nach der Kur Arm in Arm mit ihrem einstigen Abbild durch die Straßen zu

schicken, damit Ungläubige eine Kontrolle ihrer Fingerabdrücke vornehmen könnten?
eingedenk der Worte des nach einem Schlaganfall halbseitig gelähmten Großvaters: »so schneidet mir doch endlich den toten Arm und das tote Bein weg, sonst komme ich ja nie wieder auf die Füße!« experimentiere ich manchmal an mir – an eisigen Wintertagen kleide ich mich halb-winterlich und halb-nackt, hohnlachend der Diagnose aus meinen Kindertagen: ›beidseitige Mittelohrentzündung, doppelseitige Lungenentzündung‹, und an Tagen starker Sonneneinstrahlung lege ich mich, halbeingecremt und nur die eine Kopfhälfte gegen einen Sonnenstich geschützt, in die Sonne: trotzdem habe ich den Zustand: ›halbtot-halbgesund‹ beziehungsweise ›halbwirr und halbklar‹ noch nicht erreicht, auch unter Schmerzen spricht aus mir immer nur der Ganze, und so werde auch ich nach dem Einbruch des Alters demjenigen nachtrauern müssen, der ich dann vor kurzem noch gewesen bin.
ein kleines Malheur der Abend, an welchem ich auf dem Heimweg von einem Gasthaus in meiner Manteltasche einen Kaugummistreifen entdecke – der falsche Mantel ist zwar rasch gegen den richtigen getauscht, aber dadurch das Unbehagen nicht aus der Welt geschafft, daß ich beinahe von da an in einer fremden Haut durch die Straßen gegangen wäre, ja ich mich letztlich nur dank meiner Abneigung gegen Kaugummikauen identifiziert habe!
und entscheidend dann der Tag, an welchem ich meine Schuhe zum Flickschuster geben will – in seiner Auslage steht ein Paar Schuhe, von dem der linke so abgetreten, so verbogen und so schrumpelig ist, daß er weggeworfen gehörte, während der rechte, frisch gedoppelt und das Oberleder gespannt, sich recht passabel ausnimmt. statt mir zu sagen: ›ein guter Handwerker, für ihn werden meine Schuhe ein Leichtes sein!‹ und einzutreten, lasse ich mich von zwei an die Schuhe gehefteten Schildchen festhalten, auf

denen in altmodischer Handschrift ›vorher‹ beziehungsweise ›nachher‹ zu lesen ist: als hinge mein Leben davon ab, bemühe ich mich, durch eine veränderte Betrachtung der Schuhe ihre Legende zu rechtfertigen – wenn mir dies gelänge, weiß ich sofort, würde mir eine neue Philosophie zu entwickeln gegönnt sein, eine Mathematik der Verwandlungsenergie, in welcher ›2 + 1 = 3‹ und ›3 = 3‹ zweierlei wäre und in welcher feinere Rechenoperationen Antwort gäben auf die Fragen, welche keiner meiner Lehrer verstanden hat: wie man denn ein- und dasselbe Ist-gleich-Zeichen einmal ›ergibt‹, einmal ›hat den gleichen Wert wie‹, dann wieder ›entspricht‹ oder gar ›ist identisch mit‹ bedeuten lassen könne, ohne daß die Vernachlässigung solcher Unterschiedlichkeiten sich rächt!

der nichtreparierte und der reparierte Schuh, suche ich mich zu beruhigen, sind aller Wahrscheinlichkeit zusammengehörig (oder wohl richtiger: zusammengehörig gewesen) als der linke und der rechte eines Paares, das genauso wahrscheinlich immer zur selben Zeit an einem linken und an einem rechten Fuß getragen worden ist und das daher, von den Auswirkungen der allen zwei Füßen eigenen Ungleichheit in Größe, Bewegung und so weiter abgesehen, zu beiden Teilen so gut wie gleich belastet und gleich strapaziert worden ist –

diese Annahme beim Betrachter voraussetzend, bezwecke der Schuster mithilfe der ›vorher‹- und ›nachher‹-Etikette, Unterstreichung der zur Hälfte durchgeführten, nämlich zur Gänze auf einen Schuh beschränkt gebliebenen Arbeit, die Zustimmung zu einer als ›gleichsam‹Fiktion in Erscheinung tretenden Behauptung, deren Richtigkeit durch eine Wiederholung des Tuns, auf dem sie gründet, nachgewiesen werden könne: der Ist-Wert des Schuhes, der laut seiner Etikettierung aus einem vormals mit einem anderen geteilten üblen Zustand geführt worden ist, hätte also als jenes Soll-Wert zu dienen, als Maß zur Bewertung des laut beiden Etiketten

scheinbar schon erbrachten, tatsächlich aber zumindest zur Hälfte schuldig gebliebenen Wahrheitsbeweises.
aber da ich mich nicht damit begnügen kann, das ›Vorher‹ und ›Nachher‹ der beiden Schuhe als Zusage zu verstehen, die aus Rücksicht auf ihren Reklamewert halb eingelöst weiterbestehen soll, muß ich aus dem Paar Schuhe einen machen, der unrepariert neben sich als dem reparierten steht: während ich erst überlege, ob es leichter sei, den reparierten als Zukunftsvision des nichtreparierten aufzufassen oder den nichtreparierten linken als Erinnerung des reparierten rechten an seine schäbige Vergangenheit, also bemüht bin, einen real zu betrachten, einen imaginär vor mir zu sehen, bin ich schon über *das* an diesen Schuhen gestolpert, was ihrer Einsheit im Wege steht – über die ihnen wie allen Paaren Schuhe fehlende Kongruenz!
diesem Hindernis wäre ja abzuhelfen, sage ich mir, ich müßte bloß zwei Paar gleicher Schuhe gleichartig abtreten und dann den Schuster beauftragen, von den zwei rechten oder den zwei linken, die gewiß noch gleicher abgenützt wären als ein rechter und ein linker eines Paares, nur einen herzurichten – nur wie sollte ich, wenn mir sogar die Großzügigkeit fehlt, von der links- und rechtsUngleichheit abzusehen, imstande sein, die dann nur in dieser Hinsicht etwas mehr einander gleichen zwei ungleichen rechten oder linken Schuhe in *einen* Schuh zusammenzuführen, welcher als Äußerstes an Verschlechterung seines ursprünglich makellosen Zustandes einerseits und als bestverwirklichte Rückführung in diesen andererseits gleichzeitig vorhanden zu sein hätte,
oder könnte mir diese Betrachtung dadurch erleichtert werden, daß ich die Schuhe, die in der Auslage nebeneinander stehen, etwas auseinandergerückt hintereinander stellte, vielleicht den nichtreparierten vor den reparierten, um mich zuallererst an den Weg der Abnützung zu gewöhnen, ehe ich durch die Umkehrung ihrer Reihenfolge die Sehnsucht nach dem Goldenen Zeitalter so gut, wie es einem Flickschuster

möglich ist, mit einem Wechselschritt erfüllen würde? aber selbst wenn ich sie durch eine Kehrtwendung um 180 Grad in die ideale Vergangenheit zurückschreiten ließe, würde dort dann plötzlich eins, was immer zwei gewesen ist?
ich habe dann, wieder in die Auslage schauend, mithilfe der irreführenden Formel ›ein- *und* derselbe‹ (das heißt: voll Hoffnung auf das scheinbar Zweierlei zu einem scheinbar einig werdenden Eins verbindende ›und‹) die gewünschte Identität des noch nicht Identischen zu einem prekären Gleichgewichtsakt mit sich selbst zu bewegen gesucht, ging das Problem dann aber so an, daß ich zwischen linkem und rechtem Schuh immer schneller hin- und herzuschauen probierte, bis eine Bewegungsunschärfe entstünde – diese könnte mir zu einer dynamischen Betrachtungsweise verhelfen, dank der die Vergangenheit und die Zukunft *eines* Schuhes in der Gegenwart einträchtig nebeneinander hergingen, indem die vollendete Restauration mit einem Schritt sich aufhöbe, um sich mit dem nächsten, der Wiederherstellung der Wiederherstellung, wiederherzustellen, so widerrufbar die Erneuerung wie der Prozeß der Abnützung reversibel, und das müßte so lange dahingehen, bis mir ihre Wanderung durch die Gleichheit in einer Selbheit endete: dann wäre der eine Schuh nichts als die am anderen vorgenommene Verbesserung, und dieser eine Reminiszenz an weit zurückgelassene armselige Zeiten.
dann trage ich die Schuhe wieder nachhause, sie sollen noch recht oft einem eindrucksvollen ›Vorher‹ entgegengegangen werden, und auf ihre Gleichheit hinunterschauend, verstehe und verstehe ich nicht, warum nicht der eine oder der andere des anderen Paares der andere werden will, auch wenn er zugleich er bleiben dürfte, ja müßte – ein kleiner Trost für dieses Mißlingen ist mein Einsehen, daß das Festhalten an der trivialen Bedeutung des Identitätsbegriffes nur zu trivialen, wenn nicht sogar tautologischen Aussagen führt: oder wäre die Feststellung, daß der in der Auslage des Flickschusters

befindliche reparierte Schuh mit sich und nur mit sich identisch sei, etwas anderes als eine leere Wiederholung wie die, daß der reparierte Schuh, der in der Auslage meines Schusters steht, der Schuh sei und nichts als der Schuh, der in repariertem Zustand in dieser Auslage stehe? als Ausnahme müßte man, geht mir auf, das: »Ich bin, der ich bin!« der Bibel gelten lassen: da es zu Gott keinen Oberbegriff gibt, kann Gott nur durch sich selbst bestimmt werden. und dann beschwichtigt mich noch die mir von dem vertauschten Mantel zugetragene Vermutung, daß zumindest im Trivialbereich der Dinge das Beharren auf der Identität eines Dinges problematisch sei, sobald dieses als Repräsentant einer Klasse von den anderen Repräsentanten derselben Klasse, mit diesen vermischt und so der Eindeutigkeit des Ortes und der Zeit entzogen, nicht eindeutig unterschieden werden könne – so könnte ich zum Beispiel aus einer Schachtel, in welcher sich beispielsweise zwei neue Bleistifte einer Marke und Härte befänden, einen herausnehmen und sagen: »dieser Bleistift ist nur mit sich identisch, denn er ist er selbst und nur er selbst!«, aber was wäre, wenn ich ihn zurücklegte, mit geschlossenen Augen die Schachtel schüttelte und dann wieder hineingriffe? ich könnte dann nur den Positivismus verraten, beim Glauben Zuflucht suchen und sagen: »ich weiß nicht, ob der Bleistift in meiner Hand mit dem Bleistift identisch ist, den ich zuvor in den Händen gehalten habe, es gibt jedoch einen, der dies weiß!«. und selbst wenn ich nur einen einzigen Bleistift bei mir hätte, bliebe seine Identität anfechtbar – denn sagte ich nach einem Satz wie diesem: »dieser Bleistift ist mit sich identisch!« den Satz: »dieser Bleistift ist mit dem Bleistift identisch, von welchem ich gerade festgestellt habe, daß er mit sich identisch sei!«, so wäre die zweite Behauptung allein schon dadurch fragwürdig, daß dieser Bleistift, in der Zwischenzeit zumindest um die Dauer des ersten Satzes älter geworden und nun anders betrachtet, nicht mehr ganz der wäre, der er zuerst gewesen ist! und das kann doch nur heißen, daß der Begriff der Identität und erst recht der der Gleichheit, da ja immer von etwas abgesehen werden muß (von der Zeit, vom Ort, von Veränderungen, von augenblicklichen und wechselnden Verfassungen et cetera), eigentlich eine Fiktion ist, wenn auch eine viel kleinere als die, welcher ich mich vor der Auslage des Schusters so gern überließe.

meine letzte Hoffnung, daß mir das eine Paar Schuhe zu einem Schuh werden könnte, war die Klärung des Unterschiedes zwischen den Begriffen ›Gleichheit‹ und ›Identität‹ – angenommen, die Identität ist ein spezieller Fall der Gleichheit in dem Sinn, daß nicht nur alle wichtigen Eigenschaften zweier (somit nicht bloß ähnlicher, sondern gleicher) Dinge gleich sind, sondern alle (unendlich viele?) Eigenschaften zweier vermeintlich ganz gleicher, in Wahrheit aber nur *ein* Ding seiender und somit als *ein* Ding identifizierbarer Dinge, so würde das bedeuten, daß diejenigen Gleichheiten als Identität verstanden werden könnten, denen kein einziges unterscheidendes Merkmal zu entreißen ist!

wann also wären der linke und der rechte Schuh der Auslage einander zumindest gleich? sicherlich dann, wenn die Füße desjenigen, der dieses Paar getragen hat, den linken als linken, aber auch als rechten gleich gut tragen könnten und genauso den rechten als rechten oder als linken; wenn also der linke dem rechten und der rechte dem linken genauso gleich wäre wie der linke dem linken und der rechte dem rechten, und das wäre nur dann möglich, wenn der linke dem reparierten rechten gleich wäre und der reparierte rechte dem nicht reparierten rechten – dann wäre zur Unterscheidung der Schuhe eine ›links‹-›rechts‹Kennzeichnung eine Notwendigkeit, sofern man an diesen dann sinnlosen, weil zufälligen Bezeichnungen festhalten wollte, gleichbedeutend mit der Unterwerfung unter einen willkürlichen Formalismus, mit der Beibehaltung einer sinnentleerten Tradition. und würde mir von diesen Schuhen einer ohne jede Mittei-

lung, welcher es sei, übergeben, wäre ich einen Schritt näher dem Schuh, welcher sowohl reparaturbedürftig als auch auch schon repariert wäre – der ›Vorher‹Schuh und der ›Nachher‹-Schuh wären für mich identisch, wenn sie, vorhandengeblieben zum Verschwinden gebracht, in einander aufgingen und dem Betrachter als zweierlei Stimmungen eines Schuhes erschienen, welcher das Vorher und das Nachher in sich zusammenhält als zwei Seelen, ach, bei Schritt und Tritt.
Erkundigungen, die ich nun in Fachbüchern einholte, brachten zutage, daß die Begriffe der Gleichheit und Identität in der modernen Mathematik eine Behandlung erfahren, aus welcher sich die Frage: ›gleich oder identisch?‹ nicht mehr ergibt! und dort erfährt auch die Frage des einen Paars Schuhe nach seiner Einswerdung drei eindeutige Abweisungen:
du rechter und du linker Schuh, ihr seid einmal Repräsentanten einer Klasse gewesen, sofern ich, um auch der Unterscheidung zwischen ›Gleichheit‹ und ›Kongruenz‹ enthoben zu sein, von eurem Umlaufsinn absehe; seid dies aber nicht mehr seit der an dir, o rechter Schuh, vorgenommenen Veränderung, denn nun sind die drei Bedingungen der Gleichheit verletzt – wie nämlich solltest du, lieber linker, deinem rechten gleich sein, wenn er dir nicht mehr gleicht; wenn er dir nicht mehr gleichen kann, weil er nicht mehr dem gleich ist, der er vor der Reparatur gewesen ist; und wenn du, reparierter rechter, nicht mehr dem gleichst, der du unrepariert gewesen bist, wie solltest du dann noch dem gleich sein können, dem du einmal gleich gewesen bist!
und so habe ich mir, sooft es mich zu der einen Auslage zurücktreiben wollte, energisch gesagt, ich solle solch gefährliche Spiele sein lassen, sie könnten eine glosende Angst vor dem Verlust des eigenen Selbst vor allem bei einem entzünden, der nicht bloß auf diesem ängstlich beharrt, sondern auch um sich herum intakte Identitäten dort

konstatieren will, wo dies nicht möglich sei: zum Beispiel dort, wo es zu einer Verwechslung gleicher oder ähnlicher Dinge kommen kann.

als ich ein paar Wochen später meine abgetretenen Schuhe dann doch zum Flickschuster trage (meine Befürchtung, diesmal werde der linke der reparierte Schuh sein, hat nicht recht behalten), auf dem Heimweg ein ›es-geht-also-doch!‹-Erlebnis: in den beiden Schaufenstern links und rechts der Eingangstür zu einer Putzerei hängt ein Sommerhut, einmal vergilbt und fleckig, einmal wie neu und ganz weiß! von da an suche ich handgreiflich zu erzwingen, was in der Sprache möglich ist wie das Nebeneinander von schmutzigem und sauberem Kleidungsstück – ich möchte (vielleicht kann der von Adam und Eva ererbte Fluch dadurch auch ohne Rückkehr ins Paradies von uns genommen werden) meine Kleidung in der Sauberkeit und Frische, in der ich sie am Morgen frohgemut anziehe, am Abend neben die hängen, als welche ich sie, müde und oft auch enttäuscht, ablege, ich möchte mir als der, welcher ich vor vielen Jahren mit allen Hoffnungen und guten Anlagen gewesen bin, über die Schulter in den Spiegel schauen und mir Mut zusprechen, ich möchte am Ende einer Jagd die Trophäe in meiner Hand mit dem Geweih des mir wieder entgegenschauenden Rehbocks vergleichen (und somit auch, was ich tue oder getan habe, zugleich nicht tun beziehungsweise nicht getan haben, möchte statt Verzeihung die Aufhebung dessen, was Verzeihung nötig macht, ohne um den Genuß des unrecht Getanen gebracht zu werden)

sollte nur wahr werden können, was schon vor langem gewünscht worden ist, so müßte sich in einem Märchenbuch eine Prinzessin finden, die nur den Freier heiraten will, welcher ihr ein Brautkleid nähen ließe, welches, während sie es auf der Hochzeit trüge, unberührt in ihrem Kasten schläft, oder den nicht köpfen wird, welcher für eine Vollmond- *und* Neumondnacht sorgt, in welcher ihr Lieblingsbaum blü-

hend, in vollem Laub, Früchte tragend, kahl und verschneit in ihrem Garten steht.
seit dem letzten Gasthausbesuch (»nein, Herr Franz«, sagt ein alter Mann zum Kellner, »ich möchte lieber den Wein, den ich das letzte Mal getrunken habe!«) suche ich nach verständnisvollen Freunden –
nichts zu erwarten ist von Autobesitzern, sie haben unbekümmert ihr Ich preisgegeben (»wo hab ich mich nur hingestellt? ah, dort drüben steh ich!«), mehr zu erwarten von den Müttern, welche sich einige Jahre lang der von ihrem Gebären vollstreckten Spaltung widersetzen (»im Rechnen sind wir schwach, aber im Lesen, sagt die Lehrerin, der beste!«), oder von gläubigen Katholiken, ihnen ist derselbe Gott zu jeder Zeit an jedem Ort real in dem Brot, das plötzlich Fleisch ist und trotzdem wie Brot aussieht und wie Brot schmeckt! vielleicht sollte ich mein Problem energisch in Auftrag geben, indem ich einen weißen Anzug schwarz färben ließe und darauf beharrte, daß mir mit diesem auch jener als mein Eigentum ausgehändigt würde, bei dem schüchternsten Lehrmädchen wird diese Methode Erfolg haben: ich werde auch den zurückbekommen, der ich vor langem gewesen bin.
das alles hat gewiß auch mit dem Tod zu tun, mit dem Unvermögen, an ein Weiterleben nachher zu glauben, mit der Angst auch, jede Veränderung, in einem und um einen, sei eine hin zum Tod. und so forsche ich nun, wann man nicht mehr ist –
ob ein zur Demolierung bestimmtes Haus als bald nicht mehr seiendes Haus für die Besitzer und die Nachbarschaft schon vor seiner Räumung nur mehr ein Gespenst seiner selber ist, ob andererseits ein gefällter und schon in Trommeln zersägter Baum so lange nicht zu sein aufhört, als er noch zu erkennen ist und die Trauer um ihn sich so begrenzt, daß die Kategorie ›lebend‹ – ›tot‹ zu vernachlässigen ist; ob einer, der bereut, für den büßt, den es dann nicht mehr gibt.

manchmal ein Lichtblick – der junge Mann, den ich so oft auf der Straße treffe und im Park beobachte, ist nicht nur schwachsinnig, sondern manchmal der eine, manchmal der andere von zwei Brüdern. mögen die Eltern nicht nach der Geburt des einen Kindes nochmals Gottvertrauen gefaßt haben und zum Dank dafür ein zweites Mal mit solch einer Prüfung heimgesucht worden sein, sondern möge der eine schwachsinnig sein wie der andere und dieser wie jener, weil eineiige Zwillinge einander in vieler Hinsicht wie ein Ei dem anderen gleichen, und möge den Eltern diese Regularität ein Trost sein, überzeugend wie ein mathematischer Beweis!

Ratlos und alt, und im Winde kirren die Fahnen

(für Gerhard Rühm)

eines ist, wenn ein Komponist einem anderen seine Reverenz dadurch erweist, daß er, es bearbeitend, eines von dessen Themen sich einverleibt; oder wenn er, einem ›produzier dich!‹ gehorchend, einen eigenen Einfall in einem neuen Musikstück ein zweites Mal variiert.
anderes und doch nicht ganz anders, wenn ein Schulkind ein bekanntes Gedicht auswendiglernt oder in der Klavierstunde an einem (meist auch noch einfacher gesetzten) Musikstück sich versucht – manche Zeile, manche Tonfolge kehrt viele Male wieder (manchmal so, als ob diese oder jene Wiederholung dazugehörte oder dazugehören könnte), bis sie dem Gedächtnis sich eingeprägt hat, bis sie nach korrigierenden Eingriffen des mitleidenden Lehrers so sich anhört, daß ein Stück weitergegangen werden kann auf dem schwierigen Weg zur Eroberung des Ganzen, immer wieder an den Anfang zurück, damit die Spur der Schritte, die es hinter sich gebracht hat, nicht zugeweht wird von der Anstrengung der neuen, und dies so lange, bis wie in einem geträumten Erwachen der Nebel sich hebt und die nun nicht mehr schwindelerregende Schönheit des Höhenzuges freigibt.
ein anderes aber ist, wenn ein heutiger Künstler ein Gedicht wie ›Über allen Gipfeln ist Ruh‹ zum Beispiel mithilfe von Zeile zu Zeile sich beschleunigender Buchstabenauslassungen und scheinbarer Tipp- oder Hörfehler auf Silben und Laute, verfälscht oder nicht, reduziert beziehungsweise ein Musikstück wie Schumanns ›Träumerei‹ mithilfe der Zwölftontechnik, der Wiedergabe in Ganztonschritten (und ähnlicher Exekutierung von Theorie) in Dissonanzen, in fernöstliche Fremdheit, in partielles Pausieren, in zufällig anmutende Anklänge an das, wie es sich anzuhören hätte, hineintreibt,

Spiel, das die Vertrautheit der Leser und Zuhörer mit dem voraussetzt, was nun geistreich atomisiert, falsch zitiert und befremdlich paraphrasiert wird und was als respektvolle Respektlosigkeit einen lachen macht –

der Erklärung, einer einstmals vollkommenen, aber von gedankenlosen Repetitionen längst abgegriffenen Form solle durch solch ein Verfahren der stumpf gewordene Glanz zurückerstattet werden, scheint manchmal etwas von einer Ausrede anzuhaften, als wohnte man in Wahrheit einem Lustmord und Neidmord bei, der neid- und lustvollen Verstümmelung von etwas, das einem anderen in höchster Inspiriertheit zuteilgeworden ist.

oder sieht man da doch nur zu, wie ein Liebender vor den Augen anderer mit seinem Entzücken an der Geliebten spielt? dann führt er sich dieses als immer gleiches und anderes dadurch vor Augen, daß er, um sie ihrer Schönheit zu entkleiden, allen Schmuck von ihr nimmt, sie in immer armseligere Kleider steckt, ihr die Haare abschneidet, sie kahlköpfig schert, immer mehr entzückt, daß ihr die Schönheit nicht zu nehmen ist und ihr das Alter nichts anhaben kann, durch jede Verhüllung, durch all die ihr mutwillig zugefügten Makel dringt ihr Strahlen zu ihm und zu denen, die ihrem kleinsten Seufzer oder Lachen mit Verwunderung und Ergriffenheit die äußere und innere Schönheit anfühlen, ihre Vollkommenheit bleibt bestehen in den sich auflösenden Umrissen und in der in seiner Hand zurückgebliebenen Locke, und wenn die Gestalt der Geliebten dahin ist und von ihr nichts übriggeblieben, nur ein leeres Blatt, so erkennt er sie inmitten der Sprachlosigkeit und Tonlosigkeit mit Herzklopfen daran, daß er weiß, daß sie da ist

Inhalt